艸行

杜帅 著

齐鲁书社
·济南·

图书在版编目（CIP）数据

帅行 / 杜帅著. -- 济南：齐鲁书社, 2024.8.
ISBN 978-7-5333-4975-2

Ⅰ.I247.5

中国国家版本馆CIP数据核字第2024EB3559号

责任编辑　张　涵
装帧设计　亓旭欣

帅行
SHUAI XING

杜帅　著

主管单位	山东出版传媒股份有限公司
出版发行	齐鲁书社
社　　址	济南市市中区舜耕路517号
邮　　编	250003
网　　址	www.qlss.com.cn
电子邮箱	qilupress@126.com
营销中心	（0531）82098521　82098519　82098517
印　　刷	山东临沂新华印刷物流集团有限责任公司
开　　本	720mm×1020mm　1/16
印　　张	14
插　　页	6
字　　数	150千
版　　次	2024年8月第1版
印　　次	2024年8月第1次印刷
标准书号	ISBN 978-7-5333-4975-2
定　　价	68.00元

作者简介

杜　帅　著名金融学家，上市公司并购重组专家。博士研究生学历，博士学位，剑桥大学、斯坦福大学金融学博士后、访问学者。二级教授、博士生导师、博士后合作站导师。对外经贸大学社会保障与企业金融研究中心执行主任，中国人民大学、中国社会科学院、厦门大学、北京理工大学等多所高校特聘教授、MBA导师、名师库名师。

中央广播电视总台财经评论嘉宾，北京电视台专栏《帅味财经》固定评论员，北京电视台《数说北京》财经评论专家，中国教育电视台《帅说职场》主持人，凤凰网访谈类节目《帅说》主持人，北京交通广播FM103.9常年特邀嘉宾，广东卫视《财经郎眼》常年特聘嘉宾，广东卫视《湾区新财经》常年特邀嘉宾，凤凰卫视《一虎一席谈》特邀嘉宾，浙江卫视《三个少年》点评嘉宾，天津卫视《跨时代战书》特邀嘉宾，大型寻亲类节目《等着我·重逢》寻人团团长、主持人。

中非共和国首席经济学家，多米尼克共和国首席金融学家。

团中央"创青春""挑战杯"中国青年创业大赛全国总决赛评审组组长、评委，工信部"创客中国"全国总决赛评委会主席，团中央中国青年创业奖评委。

注重理论与实践相结合，作为实控人、大股东，旗下先后实控5家上市公司，投资案例被写入MBA教程。

唯杜有才
卅行天下

袁隆平
二0二0.十.十六..

朋友寄语

　　杜帅，博闻强识，经历丰富。在金融学和经济学的学、教、讲、实践方面都有自己的建树，是一位不可多得的金融学家。这本书是他的第五本书，以小说的形式展现了他这几年的经历，很励志，年轻人应该多去学习这种奋斗精神，一定会给自己以启迪和帮助。

——全国政协常委，中央党校原副校长，中国社会科学院原党委书记、院长　王伟光

　　杜帅教授是我的好友，也是一位青年才俊，既有学问又会实操，从学习金融到教授金融，到在电视台做财经评论员，再到金融实践、并购重组。多年走来，他仰望星空，脚踏实地；孜孜以求，成绩斐然。如今他把近些年的经历以小说的形式凝练在《帅行》这本书中，值得一读，给人启迪。

——中组部原副部长、国家税务总局原副局长　王秦丰

　　杜帅是我的一位挚友，博学多才。他的成长经历一直都是剑出奇招。每个人的成功都是不一样的，每个人的成功也都不可复制，但杜帅成功的经验和优秀的品质我很钦佩，也值得大家学习。

——中共中央对外联络部原副部长　于洪君

　　杜帅是一位不可多得的青年才俊，这本书更是值得一读的好书。不仅能够启迪我们的心灵，还能够给予我们前进的动力和信心。

——最高人民检察院原反贪局局长、副部级专职委员、二级大检察官　陈连福

《帅行》这本书不仅是一个故事，更是一个人生启示。这本书告诉我们，成功不是一蹴而就的，需要不断努力和坚持。杜帅处理问题的方法，值得大家借鉴和学习。

——中华人民共和国司法部原副部长　刘振宇

杜帅年少有为、做事低调，通过自己的努力取得成功。这本书将他的部分经历以小说的形式表现出来，读者可以更真切地感受到他的成长和变化。

——中央警卫局原副局长　杜水源少将

杜帅的成功，是他多年努力的结果，我和杜帅相交多年，无话不说，我亲切地称他为大帅。大帅这本小说是他本人经历的艺术化写照，相信大家读过之后一定会有所收获。

——西藏自治区公安边防总队原政治委员、党委书记　孙立军少将

杜帅是我的忘年交。他思维敏捷、有张有弛，他将这些年的经历用小说的形式表现出来，让更多的人可以了解他的故事，从中获得启示和帮助。

——公安部警卫局（公安部八局）培训中心原政治委员　周彤文大校

前　言

　　人生起起伏伏，时而风平浪静，时而波涛汹涌。但是，只要相信前方的道路是正确的，保持正直、勇敢的心态，并向着前方的道路努力，就是不忘初心，如此方显英雄本色。

　　很多朋友说，这些年我突飞猛进，取得的成就数不胜数，但是谁又知道其中的艰苦辛酸呢？一分耕耘，一分收获，回首往事，尤其近年来的历程，感悟颇多，其中既有生活点滴的遗憾，面对困境的迷茫，也有历经风雨的豁达。

　　人生是一场马拉松比赛。谁笑到最后，才会笑得最好。成功不在于一时一刻一事，在一段时间之后，做个总结，去思考是否成功，成功背后付出了哪些，哪些需要再改进一些会更好，这样冲刺的时候，才可以山登绝顶我为峰，昂首似可摘星辰。

　　人生是一场修炼。得意之时，一夜望尽长安花；失意之时，潦倒新停浊酒杯，欲语泪先流。经历多了之后，人生便会随时转换思维，有时也想和陶渊明一起采菊东篱，有时也想和龚自珍一起吟鞭东指，有时则想和杜甫一般，随风潜入夜，润物细无声，进入"晓看红湿处，花重锦官城"的美妙境地。

人生是一场美好的愿景。愿景中，每天都有新的期待。新的一天，有新的收获；过去了一天，又多了一天的经验。在愿景中，怀着美好的心态，面对新的一天。笑对人生，笑谈古今天下事；傲视群雄，我等煮酒论英雄；江山绚美，风流人物尽在其中；五湖四海，百川流水总向东。笑傲江湖！

《帅行》这本书，是《帅型的青春》的延续，感谢一路走来各位朋友的支持与帮助。我以小说的形式来阐述杜韩森的人生路。临书感怀，不知所言。

杜帅写于北京杜宅
2024 年元月

目 录
CONTENTS

001 | 前言

第一章　异乡异客

003 | **1 异国他乡　文化碰撞**
海纳百川，有容乃大；壁立千仞，无欲则刚。
——林则徐

011 | **2 管中窥豹　银行危机**
以小明大，见一叶落而知岁之将暮。
——《淮南子》

022 | **3 雷霆密雨　福祸相依**
在坚冰还覆盖着北海的时候，我看到了怒放的梅花。
——《毛泽东自传》

037 | **4 黎明之后　朝霞满天**
成功的唯一秘诀，是坚持到最后一分钟。
——柏拉图

第二章 师海无涯

047 　1 红日初升　其道大光
　　宰相必起于州部,猛士必发于卒伍。
　　　　　　　　　　　　——《韩非子》

058 　2 干将发硎　有作其芒
　　慎重者,始若怯,终必勇;轻发者,始若勇,终必怯。
　　　　　　　　　　　　——苏轼

077 　3 前程似海　来日方长
　　学道须当猛烈,始终确守初心,纤毫物欲不相侵。
　　　　　　　　　　　　——王惟一

084 　4 师海无涯　学亦无涯
　　三人行,必有我师焉,择其善者而从之,其不善者而改之。
　　　　　　　　　　　　——《论语》

第三章 传媒节目

097 　1 临时救场　小试牛刀
　　自信者不疑人,人亦信之;自疑者不信人,人亦疑之。
　　　　　　　　　　　　——《史典》

106 　2 初出茅庐　大放异彩
　　慎终如始,则无败事。
　　　　　　　　　　　　——《道德经》

目 录

116   3 经世济民　孜孜以求

穷则独善其身，达则兼善天下。

——《孟子》

第四章　金融市场

127   1 北方海产　危在旦夕

有志者，事竟成，破釜沉舟，百二秦关终属楚。

——胡寄垣

139   2 深陷泥沼　不可自拔

不积跬步，无以至千里；不积小流，无以成江海。

——《荀子》

151   3 独辟蹊径　剑走偏锋

苦心人，天不负，卧薪尝胆，三千越甲可吞吴。

——胡寄垣

161   4 勠力同心　扭转乾坤

大道之行也，天下为公。

——《礼记》

第五章　似水柔情

173   1 日月星辰　山川草木

只愿君心似我心，定不负相思意。

——《卜算子》

2 雨雪风霜　饮一杯无

190

东边日出西边雨，道是无晴却有晴。

——《竹枝词》

3 春水东流　未来可期

209

回首向来萧瑟处，归去，也无风雨也无晴。

——《定风波》

218　**后记**

第一章

异乡异客

1

异国他乡　文化碰撞

海纳百川，有容乃大；壁立千仞，无欲则刚。

——林则徐

碧空如洗，午后的阳光没有任何阻碍地洒下，给大地蒙上了一层金芒。微风从大西洋吹来，像是经历了长达万里的跋涉，耗尽了所有力气，已变得温柔和煦。

水流荡漾的哈德逊河波光粼粼，被照得温热的河水倒映出四周的高楼，将纽约港的繁华全部纳入其中。

杜韩森抿了一口咖啡，品尝着唇齿间淡淡的苦涩味道，就着温和的阳光和咸湿的海风，欣赏着四周繁华的都市景色，心情说不出的放松。

繁重的经济学课程结束后的周末，他总喜欢来河畔公园坐一坐，从那些数据和公式中走出，欣赏一下当地的景色，了解一下当地的人文。

留学的意义就在于此，学习更专业、更尖深的知识，了解他国的文化风俗，认识另外一种文明的发展方式和智慧结晶，汲取其中的可取之处，并通过与自身文化的碰撞，找到属于自己的独特之路。

见大而知小，见世界之广博而明自身之定位，这里蕴含着丰富的生存哲学，杜韩森喜欢并善于从这些角度去思考世界和自身。

"嗨！杜！你怎么在这里？"惊喜的声音从身后传来，七八个年轻男女洋溢着笑容，一边打着招呼，一边走向这边。

杜韩森的记忆力很好，一眼便认了出来，他们都是经济课的同学，最前面的高个子卷发白人就是《中级宏观经济理论》课上的艾维斯，在第一次相见的时候，两人有过短暂的交流。

"杜！我的朋友！太高兴在这里见到你了！"艾维斯大笑着拥抱过来。

杜韩森欣然接受，拥抱过后才笑道："一起喝咖啡吗？"他喜欢接纳不同的文化和习俗，拥抱这种见面礼节自然少不了，而与人友善则是他一贯的处事准则。

"我们去打保龄球，一起去吧！我很想知道东方人是否也会这样的运动。"艾维斯是典型的阳光大男孩，他的话当然没有其他意思，但这句话也是多年来西方对中国的意识缩影和刻板认知，他们总认为东方是神秘而落后的。

事实上，杜韩森的保龄球水平很高，他从初中开始就喜欢上了这项运动，虽然那时候国内的保龄球馆还不多，但独特的运动天赋也足够让他练就一身过硬的技术。

"乐意之至。"杜韩森性格开朗，也愿意结交这些朋友。三人行必有我师，多交朋友不但能够丰富自己的社交生活，增添乐趣，还

第一章 异乡异客

能学习他人长处，从而优化自身。况且他本身就喜欢运动，茶饮之后出出汗，和几个朋友运动运动多么痛快！

众人欢呼了起来，纷纷欢迎杜韩森的加入，互相拥抱致意之后，一行人来到了保龄球运动馆。

运动馆位于商场的第六层，一千平方米左右，装修很奢华，各种器材配备的标准也比较高。休息区、观赛区都有较为宽敞的空间，体验感相当好。但是这里却没什么生意，即使在周末，也只有寥寥数人。

基于对商业的敏锐，杜韩森几乎没怎么思考，就察觉到了这里的经营模式出现了问题，这个球馆恐怕很快就要倒闭了。

在寸土寸金的纽约港，如此大的场地，租赁费用和装修成本绝对极高，而要抹平如此高昂的成本实现盈利，球馆的收费自然也要很高。从器材的质量到球馆的总体功能分区，也的确契合高档运动场所的定位。

但选址却错了。

写字楼繁忙的电梯会极大影响球馆的通行体验，密集的人流又会让球馆丧失私密性，从而造成大量的优质客户流失。而球馆本身的定位偏向于高端，但写字楼的打工族却无法承担这么高昂的消费，最终就只能是如今这样的局面——没生意。

这么大的球馆没有生意可做，相当于每天都在消耗成本，倒闭恐怕只是时间问题了。

"还可以吗？朋友们。这是我家的球馆，我爱死这个地方了！"艾维斯对此充满了骄傲，为众人介绍着这里的一切，并宣布今日的活动免费，这自然也得到了包括杜韩森在内所有人的赞美。

保龄球又称为"地滚球"，起源于3—4世纪德国的"九柱戏"，直到14世纪初开始演变为体育运动，19—20世纪则迅速风靡全球，并有了一系列的官方赛事，也成为奥运会体育项目之一。

众人的球技都还算不错，至少他们在明白大半规则的情况下，还能偶尔打出全中。艾维斯就相当出色了，他几乎每一球都能全中，即使是稍许的失误，也最多剩下两三个瓶。

"该你了，杜。快给我们表演表演东方的球技！"艾维斯玩得很开心，相当自信地为杜韩森讲解起了保龄球的规则。杜韩森虽然了然于胸，但选择接受了这份心意，只是微笑点头。

轮到他上场的时候，他多少还有点紧张，毕竟在大学毕业后，他打球的时间越来越少。这边的课程更加紧张，《微观经济学补充原则》《PSP经济学》《国际贸易与金融》《社会科学概率模型与推论》《应用计量经济学》……诸如此类的课程让他彻底没了运动的时间。

所以当球脱手的那一刻，他心中暗道糟糕，眼睁睁看着球越过了犯规线，落入边沟之中，缓缓滑进球坑。

一个没中。

杜韩森按住了额头，不禁苦笑。四周的同学短暂愣神之后，也忍不住笑了起来。他们先是夸张地说着杜韩森的水平奇差，然后拍着他的肩膀鼓励他，表示一次失误没有关系，哪怕毫无基础，也总能在熟悉之后打出好球。

握着熟悉的球，掂了掂重量，杜韩森在鼓舞中找到了曾经的感觉。一球而出，顺着滑道一路向前，将十个瓶瞬间击倒，发出清脆的响声。

第一章 异乡异客

四周变得寂静,在短暂的几秒之后,众人爆发出了热烈的欢呼声,一个个都朝着杜韩森拥抱而来,祝贺他完成全中。

"杜!你简直是个天才!不可思议!"

"到底怎么做到的?第二次上手就全中了,你真该去学体育才对。"

"下一轮下一轮!快继续!"

热闹的起哄声中,新的一轮又开始了,众人发挥都比较稳定,打出了自己应有的水平。艾维斯自然是比较出色的一个,又是一波全中。

杜韩森已经找回了熟悉的感觉,轻轻松松扔出球,同样是全中,众人再次欢呼。

一轮接着一轮,分值渐渐被拉开,只剩下杜韩森和艾维斯两人势均力敌。慢慢地,也就变成了他们两人的竞争。

艾维斯已经感受到了压力,微微喘着气,笑道:"杜,你很有天赋,但你要知道我打保龄球已经六年了,我有充足的经验和信心,你不可能战胜我的。"

在关键时候说这样的话,往往是信心动摇的表现,杜韩森并不理会,再次出手,又是全中。

艾维斯呼吸更加粗重了,出球的时候手并不够稳,以至于紧贴着犯规线而过,只击倒了 6 个瓶。

一阵感慨之中,气氛变得更加紧张,杜韩森却在这种紧张之中愈发冷静。他做任何事都是这样,越是关键越是紧张的时刻,就会变得更加冷静和敏锐。

连续三轮,艾维斯打得不够好,没有一个全中,加起来才积十多分。而杜韩森都是全中,已经把第一轮 0 分的差距追了上来,并超过了艾维斯 7 分。

"艾维斯!加油!你一定可以战胜他的!"

"杜!我敢赌你赢定了,就算艾维斯全中,也不可能比得过你。"

围观者都变得激动了起来,艾维斯满头的汗水,他调整着呼吸,球脱手的那一刻终究还是有些偏,只击倒了 7 个球,刚好把分数扳平。他沮丧地吼了一声,四周的人也拍了拍他的肩膀,表示安慰。

"杜,恭喜你,你真是个天才!"

艾维斯苦笑道:"无论你击倒多少个,我都输了。"

杜韩森轻轻笑了笑,认真出球,而球却如最初那般,越过了犯规线,落入边沟之中,缓缓滑进了球坑。

又是一个没中!

四周的同学都大叫了起来,嚷嚷着不合理。

杜韩森却是摇头道:"真不走运,最后的胜利时刻,没能把握住机会。"

这一球一个没中,直接 0 分,那么总比分就和艾维斯打平了,不分胜负。

艾维斯高兴极了,忍不住大笑道:"杜!该死的!天才总有犯错的时候吗?用你们东方的话来说,这叫什么……智什么?"

杜韩森笑道:"智者千虑,必有一失。"

"哈哈!我的兄弟,你失去了战胜我的机会,以后或许也不会再有了,你知道的,我球技很不错!"

艾维斯像是重新获得了力量,和刚才的沮丧完全不同,整个人

第一章　异乡异客

都精神了。他带着众人到了休息区，一人来了份饮品，开始喝了起来。

休息得差不多了，他才走到杜韩森的身旁，小声说道："杜，你刚刚为什么不赢我？别撒谎，我看得出你是故意的。"

杜韩森微微愣了愣，随即笑道："参加体育运动对于我来说是一件趣事，非要分出胜负，这不是我的追求，大家开心才是最重要的。"

艾维斯却摇头道："不，不是这样的。杜，如果我是你，我一定会赢的。赢，才是最开心的事。不是吗？"

杜韩森没有回答，因为这涉及东西方文化的差异。中国人受儒家思想的影响，历来讲究中庸，讲究和气生财。所以他最后一球故意失误，让两人打平，让艾维斯不至于太难过。而西方人不一样，他们受个人主义影响，更喜欢赢，喜欢在各个方面证明自己的强大。

"我不理解，杜，能赢却不赢，我不能理解这样的行为。"

艾维斯虽然很开心，但依旧严肃道："我认为用尽全力去赢下比赛，才是对对手最大的尊重，那样我虽然会很难过，但只是短暂的，我会想办法再赢回来。"

杜韩森点头道："那下一次我一定不会让你赢。"

海纳百川，有容乃大。他虽然秉持中庸之道，做事往往留一线，讲究和气生财，但他也理解并尊重艾维斯的看法，往大处说，也是尊重西方看待事物的态度。只有接纳和包容，才能让自身了解更多的文化，发现最好的自己。

同时，杜韩森也很清楚，即使是之后全力以赴赢球，也不能沉迷于胜利的喜悦。赢是好事，但痴迷于此，却容易扰乱人心。正所谓壁立千仞，无欲则刚，人要有基础的自控力，不让欲望肆意滋生，才能如高山岩壁一般，稳稳耸立，风霜雨雪不能倾倒之。

"走着瞧吧！杜！虽然你是天才，但今天我只是发挥失常而已！"

艾维斯显然很满意杜韩森的回答，亲切地搂住了他的肩膀，道："下一次我们会展开真正的较量的。"

杜韩森和他对视一眼，不禁都笑了起来。

2

管中窥豹　银行危机

> 以小明大，见一叶落而知岁之将暮。
>
> ——《淮南子》

自上次打完保龄球之后，杜韩森和艾维斯等人的关系有了质的进步，不但长期约球玩乐，偶尔也会相聚学习，讨论课程所学知识，成了无话不谈的朋友。

只是随着课程的愈发繁重，一群伙伴也都渐渐没了时间，一个月两三次会面，也只是匆匆而谈，便各自忙碌。

冬日已至，学校所在的城市临海，虽然不至于太过寒冷，但还是增添了几分凉意。枯燥的学习让众人都有些迫不及待地想要聚一聚，哪怕不打球，仅仅是喝杯咖啡，吐槽一下生活，也足够令人宽慰。

"后天吧！我的兄弟！圣诞节快到了，我们可以在节前聚一聚！"

艾维斯对这一次聚会很看重，甚至提前订好了餐厅，准备请大伙儿好好吃一顿。

圣诞节是西方最重要的节日，再严苛的大学也有假期，众人也有闲暇时间来完成这次聚会。

杜韩森来到餐厅后，也是小小惊喜了一把，没想到艾维斯订的竟然是中餐。在异国他乡能吃到中餐，对于杜韩森来说无疑是一件幸福的事，在他看来，再精美的西餐都不合他的胃口，只有中餐才是世界上最好的美食。

桌上众人谈笑风生，讲着最近发生的趣事，诸多好玩的场面，让人啼笑皆非。

而轮到杜韩森时，他却只能苦笑道："我最近没有遇到什么有趣的事，课程太繁重了，几乎每天都在学习。"

这句话让众人直呼惊讶。

艾维斯喃喃道："杜，你怎么活下来的？如果一点休闲娱乐的时间都不给自己留，那生活未免太枯燥了。如果要我这样做，我可能真的会闷死的。"

凯莉也不禁捂着嘴笑道："别说学习一两个月，就算是一两个周，都足够击倒我那点微不足道的耐心了。不……或许不是一两个周，最多三五天，我可能就必须出去喝酒约会。"

安东尼摊了摊手，道："拜托，我必须天天玩，否则我宁愿休学。"

杜韩森也愣住了，他忍不住笑道："我以为你们这段时间这么忙，都应该在学习才对，闹了半天就我一个人在学，这太不公平了。"

第一章 异乡异客

"不,不是太不公平,而是我们太羞愧了。"

说到这里,艾维斯拍了拍杜韩森的肩膀,摇头道:"我们在娱乐的同时,你在默默变得更优秀。杜,我特别欣赏东方人这样的品质,勤劳而自律。"

一向沉默寡言的保罗却突然道:"杜,你的家境应该非常好吧?为什么还要过得这么苦呢?我想你大可以轻松一点,即使你将来毫无成就,应该也不会因生活而苦恼才对。"

这个问题,杜韩森只能一笑摇头。

如果出身可以决定一个人的价值,那么奋斗就没有意义了,人最重要的是明白自身在世界的定位,寻找自己想要走的路,去追寻理想和想过的生活。奋斗和学习是生命永恒的主旋律,杜韩森对此充满亢奋和信心,他绝不会允许自己过上那种摆烂的生活。

艾维斯挠了挠头,说道:"杜,你专业能力应该很强了,可以帮我出出主意吗?我最近遇到困难了。"

凯莉疑惑道:"艾维斯你别开玩笑了,你怎么会遇到困难?要是我家有那么大的保龄球馆,我会没有任何烦恼。"

杜韩森笑道:"或许困难就在保龄球馆呢?"

这句话让气氛顿时一冷,而艾维斯却瞪大了眼睛,像是发现新大陆一般,看着杜韩森。

他惊喜地说道:"杜!你果然看出来了!你的专业一定非常好!快帮帮我,说实话,我们家快破产了。"

众人都大吃一惊,在他们的印象中,艾维斯一向很大方,出手阔绰,家里的条件相当优越,怎么突然就到快破产这一步了?

他们纷纷看向杜韩森,目光之中充满好奇。

杜韩森却笑道："在最繁华的路段，租了上千平方米的一整层空间，每年的租金，恐怕得将近百万美金吧？"

艾维斯急忙点头道："是的，准确地说，是每年96万美金。"

杜韩森继续道："每年96万美元的租金，再加上前期的装修投入、设备投入、人工投入……保龄球馆开业至今，总共花了几百万了？"

艾维斯叹了口气，咬牙道："我也是前几天才知道的，开业两年半，算上成本在内，总共已经投进去460多万美金了，其中还有一部分是银行贷款。"

最后这一句话，让杜韩森心中微微一颤，像是有一道灵光闪过，却没能把握住。

他下意识问道："银行贷款？总计贷了多少？"

艾维斯道："大约180万美金。"

杜韩森深深吸了口气，发现了其中的关键点，银行是疯了吗，会给这样的商户批下180万美元的贷款！艾维斯家都快破产了，说明前期的投入已经清空了他们家的积蓄，在没有其他产业的情况下，这180万是怎么贷出来的呢？

但杜韩森现在还没时间仔细思考这个问题，而是皱眉道："艾维斯，现在情况已经很糟糕了，保龄球馆的位置并不私密，又过分拥堵，从最开始的高端定位，就已经注定了这场生意的惨败。我想问的是，为什么你父亲会这么做？投入这么大，难道事先没有做过风险评估吗？"

艾维斯的表情相当复杂，犹豫几许之后，才尴尬道："我父亲是一位保龄球职业运动员，他的职业战绩很出色，所以才积蓄了这么多财产,在投资这个保龄球馆的时候,他以为客户会因为他的名声而追随过来,成为客户。"

想利用名人效应,通过社交来创造市场……但你选址就不能在这里啊!而且就算在这里,经营方式也大有问题,连一些城市的基本赛事海选场地的名额都没有争取到,怎么创造社交市场呢?

况且大多数球迷都是普通阶层,不可能消费得起这样的球馆,而精英阶层更加理性,不会因为对职业选手的崇拜而改变自己的社交习惯……

看来这位前职业选手,并不善于经商啊!

杜韩森只能把这些想法一一说出,交给艾维斯自己判断,最后他还总结了一句:"如果继续这样下去,亏损只会越来越大,直到你们彻底破产,被债务逼疯。"

艾维斯道:"是啊,但现在已经没有办法回头了,就算是变卖设备,关闭球馆,也凑不齐银行贷款。"

"杜,你能不能想个办法,让保龄球馆的生意好起来?"

杜韩森只能摇头,最开始的战略定位方向就错了,就像是一栋大楼的地基没盖好,后期无论怎么维护,都不可能达到想要的效果。

艾维斯的声音哽咽了起来,哀求道:"帮帮我吧,杜!我知道你一定有办法的,看在这些中餐的份上,拜托!"

保罗也顺势劝道:"杜,或许球馆的生意已经无法挽回了,你看能不能从其他角度去想办法,争取挽回一点损失。"

杜韩森喝了一口茶,其实心中已经有了答案。遇到问题,他往往会先思考解决办法,在第一天知道保龄球馆的病症之后,他其实就已经开始了思索,后来慢慢找到了答案。

"操作起来有难度,但可以试试这个办法。"

杜韩森郑重道:"在之前铺开的摊子完全成为负资产的情况下,就需要壮士断腕,重新打开局面。"

"我的建议是,将整个场馆分割开来,出租给其他商户,这样可以分担房租,实现一份进项。

"但我认为这点钱拿在手里,也不足以解决眼下的矛盾,可以把房租这笔钱用以新商户的投资,一方面有利于商铺的出手,一方面万一成功了,就能实现盈利。"

他拿起了一张卷烤鸭的薄饼,铺在盘子里,笑道:"打个比方,这就是你们的球馆,我们把它分出去一大半。"

他切开薄饼,将其中一大半拿出来,说道:"把这个租给其他人,让他们用股份来交租金,如果他们的生意成功了,你们家就会有新的进项,保龄球馆也可以脱手变成新生意。"

艾维斯听得云里雾里,但还是不停点头,道:"把一部分房子租给他们做生意,收取股份当房租,跟着他们赚钱?"

杜韩森点头道:"是这个道理没错。"

艾维斯不禁问道:"要是新生意也赔了呢?"

杜韩森道:"没有百分之百赚钱的生意,但我们尽量只租给有希望成功的商户,在不必投入大额资金的情况下,你帮他们分担了风险,他们会很愿意和你们合作。"

保罗是比较聪明的一类,他当即说道:"我赞同杜的看法,这个创意非常出色,在纽约有太多生意人不愿意投资巨额的美金,有人帮他们承担半年的房租,分担风险,他们绝对求之不得。"

艾维斯点头道:"我也这么认为。"

第一章　异乡异客

众人都忍不住笑了起来，他们都看得出艾维斯压根没全懂，只是知道应该要这么做而已。

杜韩森道："所以我们现在应该讨论的是，应该和什么样的项目合作？大家也给点意见，帮艾维斯参考一下。"

珍妮和凯莉都是普通家庭的女孩，在这方面没有什么独特的见解，分别给出了自己的观点——电影院和咖啡厅。

保罗在这方面有些见识，于是摇头道："对于电影院来说，分割出去这几百平方米太小了，而对于咖啡厅来说，这个面积又太大了。"

安东尼忍不住道："或许我们应该先从市场入手，写字楼都是公司，他们是否需要一些业务呢？"

艾维斯当即大声道："餐厅！他们需要餐厅！需要食物！"

杜韩森摇头道："这不实际，根据调查显示，这栋楼上的公司有二十多家，其中只有6家小公司没有自己的食堂，其他公司都有。这个市场份额，是撑不起一个几百平方米的餐厅的。"

保罗神色有些震惊，看向杜韩森，喃喃道："杜，别告诉我你早已想到了这些，并提前做了市场调研。"

杜韩森笑道："我总对一些挑战感兴趣，所以在上次看到保龄球馆的经营状况之后，就已经在做这方面的思考了。"

艾维斯激动道："杜！你一定是个天才！商业天才！我想你一定有办法了对不对？快告诉我，我爱死你了。"

杜韩森无奈一笑，道："基于我们的境况，我们需要找一个能在短时间内实现盈利的项目进行合作，同时这个项目最好在写字楼本身就有比较大的市场。"

凯莉小心翼翼说道："或许我们可以开一个负责传真打印的公司？"

这个点子连珍妮都忍不住反驳了："亲爱的凯莉，现在的公司基本上都已经有这些设备了，做不起来的。"

凯莉道："那么……服装店呢？这些公司员工总要穿衣服吧？我们开个职业装的店铺，或许会很有效果。"

保罗眼睛一亮，不禁点头道："我赞同这个想法！"

众人都看向杜韩森，似乎在等他的评价。

而杜韩森却是摇头道："不行，我已经做过市场调研，这家写字楼的公司员工流动性不高，这意味着长时间都是同一批人在这里工作，他们的职业装早已充足，就算会再次购买，市场缺口也不是很大。"

艾维斯不禁有些沮丧，摊手道："那到底该和什么样的公司合作呢？难道真的没有办法了吗？杜，你一定已经想好了对不对？"

杜韩森笑了笑，道："艾维斯，吃完饭之后你回家吗？我的意思是，你从哪里回家？"

艾维斯疑惑道："杜，为什么会问这个？下电梯到负二楼，开车直接回家啊！"

杜韩森继续道："如果你需要带零食回家呢？如果你需要带饮料和其他物品回家呢？"

艾维斯道："那就去买啊！"

杜韩森指了指楼下，道："楼下的超市有两家，距离最近的都有200米，这意味着你要下楼走200米去买东西，然后提着一大堆东西再回到这里坐电梯，然后找到你的车。"

第一章　异乡异客

"这家中餐厅是第七层,如果第六层就有超市,你会选择下楼去买吗?"

艾维斯皱眉道:"那多麻烦啊,电梯那么挤……"

说到这里,他猛然抬起头来,看向杜韩森,震惊道:"杜!你是说……开超市?"

杜韩森轻笑道:"写字楼附近有三家超市,距离最近的都有150米左右,而在楼里上班的员工的车,几乎都停在地下停车场。"

"他们工作那么累,难道就不怕麻烦吗?"

"他们大多都已经有了家庭,难道没有购物需求吗?"

"如果在商业楼里面就能买到东西,他们何必那么麻烦跑到150米开外的超市?"

一番话让众人醍醐灌顶,都瞪大了眼睛,像是发现了商机一般。

艾维斯更是激动地大叫道:"杜!你简直说得太对了!他们需要牛奶饮料,需要零食面包,需要各种东西,我都可以为他们提供!"

"开超市,对,超市的盈利会很快很快,卖出去就是绿油油的美元啊!"

"我今晚回去就找我爸商量,争取明天就开始招商,一定要把这件事办成,这甚至算作我的实践作业呢。"

说到这里,他看向杜韩森,忍不住拥抱上去,说道:"我的兄弟,我真不知道要怎样感谢你,这次你帮了我的大忙了。"

杜韩森并不在意回报,他帮助朋友完全没有私心,只是因为友谊而已。

"不必客气,咱们是朋友不是吗?况且说不定你也帮了我的忙。"

艾维斯这下愣住了，疑惑道："我帮了你的忙？我能帮上什么吗？"

杜韩森道："你们在哪家银行贷的款呢？这是我比较好奇的问题。"

艾维斯当即道："西通银行啊！在那边贷款比较方便，他们在资质方面卡得没有那么严苛。"

杜韩森微微点头，心中总算抓住了刚才一闪而过的灵光。

银行是货币信贷的金融机构，它并不是完全安全的，甚至可能会出现巨大的危机。其中最致命的就是抵押信贷的风险资产，这个东西一旦累积起来，如果不及时处理，银行只有倒闭这一条路。

艾维斯家的保龄球馆，无论从哪个方面看，都不应该贷出180万美金，这风险实在太大了。管中窥豹，可见西通银行的抵押贷款业务有多么不靠谱，类似案例恐怕比比皆是，这家银行非常危险，或许已经到了火山爆发的边缘了。

杜韩森打算详细了解一下这家银行的经营情况，看看他们到底要怎样去处理这一次巨大的危机。而危机之中，或许就有机遇存在。

杜韩森心中莫名有些激动，他敏锐地嗅到这里面可能大有机会，或许能打一次漂亮的投资仗！

想到这里，他忍不住对其他朋友说道："如果你们在西通银行有存款，就赶紧取出来吧，再晚可能就不容易了。"

"当信贷危机出现的时候，取款挤兑也会出现，银行拿不出那么多现金，到时候大家都玩完。"

这句话让其他几人都忍不住站了起来，虽然听不太懂，但"取不出钱"这四个字杀伤力太大了。

  于是一顿饭匆匆吃完，所有人都忙着回家了。

  杜韩森当然也有事做，看着窗外，他等待着一场惊天变故袭来。

3

雷霆密雨　福祸相依

> 在坚冰还覆盖着北海的时候,我看到了怒放的梅花。
> ——《毛泽东自传》

杜韩森做了一系列调查工作,但效果都不理想,银行内部的业务藏得很深,公开的信息并不多,无法得出相对准确的结论。

在这种情况下,杜韩森思考了好几天,最终只能做出一个惊人的决定,应聘西通银行信贷工作。

他不是个急性子,但看准了的东西,就一定不会拖延,而是果断出击。他相信机会总是稍纵即逝的,一旦错过,就永远不会重来。等待,往往只会得到遗憾的结果,主动出击,最差的结果无非是白忙一场罢了,这又有什么关系呢?

说干就干,他直接出发到了西通银行的分部,相对于总部的复杂,分部的业务相对简单,上手快,同时新人也会有较大的空间,更容易进去。

带上自己的简历，杜韩森便直接来到了西通银行分部，表示自己是看到招聘广告才来应聘的。

而这边的经理则是满脸疑惑："招聘广告？先生，我想你一定是来错地方了，我们并没有发布任何招聘广告，如果你没有其他业务，请你离开。"

杜韩森轻轻笑道："我记忆力很好，不会看错的，广告信息的地址非常清楚，对岗位的描述也很详细，我非常感兴趣，也有信心可以做好。"

分部经理皱眉道："朋友，我再强调一遍，我们并未发布任何招聘广告，甚至我们正在裁员，你明白我的意思吗？"

这句话让杜韩森信心大增，正在裁员的原因必然是节省开支，看来这个分部的压力也极大，这正好说明了西通银行已经有了极难处理的危机，只是还没有彻底爆发罢了。

杜韩森笑道："招聘广告说，这里急缺优秀的信贷员，尤其是催收岗位的客户经理，因为有大批的贷款业务需要处理，这些到期的资金需要回拢。"

"我大学所学的专业就是这个，并且我有充足的经验和多种手段可以让我胜任这个工作，这是我的简历，请您一定要看。"

分部经理显然是愣住了。

他怎么知道我们要处理大批的不良信贷资产？他又怎么知道我们这些资产到期了处理不了？

最终，分部经理还是接过了简历，匆匆看了一眼，脸色却变得难看了起来。

"杜，我认为你在耍我，你的简历之中除了学历比较优秀之外，根本没有任何客户经理的入职经验，我不认为你有能力胜任这份工作。"

杜韩森道："所以我请求无底薪入职，在业务没能完成之前，我一分钱都不拿。我相信这样的条件您应该可以接受，毕竟这没有任何损失，也可以给我们双方一个机会，不是吗？"

分部经理有些犹豫，却还是摇头道："这不符合程序，况且我们也不支持无底薪入职，工会会起诉我们压榨员工。"

杜韩森很有自信，他知道对方已经动摇了，现在只需要免去对方的后顾之忧即可。

于是他轻轻讲道："我们可以拟定特殊的员工合同，并提高业绩分成的百分比，这样工会也没理由再说什么了。先生，年轻人总是需要证明自己的机会，而你也需要崭新的力量来改变如今的境况，不是吗？我们都怕失业。"

分部经理被这番话镇住了，心中充满疑惑，这个高才生真的就看准了我们现在的状况了吗？分部的效益越来越差，不良资产始终无法处理，已经到了崩溃的边缘了，再这样下去……的确大家都得失业。

"尼尔斯，"分部经理郑重说道，"我叫尼尔斯·本·卡夫曼，欢迎你！杜！希望你一直保持这样的自信，即使在工作中遇到挫折。"

杜韩森伸出了手，与他握在了一起，缓缓笑道："卡夫曼？请原谅我的冒昧，先生是犹太人？"

最后一句话让尼尔斯顿时笑了起来，态度变得热情很多，连忙

第一章 异乡异客

道："杜，你了解得不错，我的确是犹太人。"

他拥抱着杜韩森，笑道："来，让我为你介绍一下这边的基本情况，相信你可以在这边绽放自己的光芒的。"

"上天会保佑我的，不是吗？"

"是的！他把一切都看在眼里！"

两人相视一笑，默契在这一刻产生，关系瞬间突飞猛进。

这就是了解各国各地文化的好处，在国外和人拉近关系最快捷的方式就是欣赏对方的信仰。

杜韩森很顺利地入了职，在几天的疲倦工作中，他逐渐摸清楚了西通银行分部的底细，也彻底震惊于这家银行的状态。就只拿分部来说，这家分部所积累的不良资产，已经快把银行压垮了。大批到期的信贷资产无法收回，即使是破产拍卖也远远挽回不了损失。

这些消息要是传出去，必然掀起滔天巨浪，股市可能会一夜之间崩盘，紧接着就是取款挤兑的出现，然后西通银行彻底破产。

杜韩森做业务的时候不禁心惊肉跳，他的主要目的虽然是打探消息，了解情况，但在其位谋其职，他也是在用心工作的。这并不是为了能获得什么样的收益，只有保持自身对待事物的认真态度，修炼人格，保持自律，做其他事的时候才会管得住自己。

忙碌的上班过程中，他也终于接到了艾维斯的电话，差不多消失了十天的他，总算是现身了。

见面后，艾维斯的状态很差，他神色十分憔悴，勉强挤出笑容，说道："杜，你怎么在这里上班了？是大学的实践课吗？我太久没去学校了，对这些都不清楚了。"

杜韩森摇头道："我过来了解一些信息，做不长，等一段时间就辞职了。你那边情况怎么样？为什么十天都没什么消息？"

艾维斯苦笑着叹了口气，说道："这件事对我父亲的打击很大，他依旧认为可以凭借自己的人气，帮助球馆重新焕发生机。我和他磨了好几天，才终于说服他。"

"可如今他状态非常不好，终日酗酒，整个人都处于不清醒的状态，实在无法完成谈判。"

"而我又不太懂这些，你知道的，杜，我浪费了很多光阴，并没有好好学习，我很惭愧。"

说到这里，他才低声道："好兄弟，我需要你的帮助，超市的老板已经在联系约我见面了，我推脱了两次了，这次不能再放走他了。"

"你帮我谈判可以吗？我相信你的专业水平，你一定不会让我太吃亏的。"

杜韩森疑惑道："对方就在保龄球馆等你吗？"

艾维斯点头道："是的，他已经等了将近一个小时了，我实在不知道该怎么应付，只好求你帮忙了。"

杜韩森笑道："那你等会儿一定要听我的，我们制定一个小策略，按照计划行事，才能增加成功的可能性，争取更多的利益。"

艾维斯果断答应，两人驱车直接前往保龄球馆。

一走进球馆，杜韩森就看到了饮品区坐着三个西装革履的男人，看起来很商务很专业的模样，不但戴着金丝眼镜，还提着电脑和各种文件。

杜韩森给艾维斯使了个眼色，艾维斯按照计划办事，脸色变得平静下来，大步走了过去。而杜韩森则是缓步跟在后面，故作冷淡，只是静静坐了下去。

艾维斯看了一下时间，说道："诸位久等了，这段时间确实太忙，所以前两次都没时间，今天挺好，我们至少有一个小时的时间可以详谈。"

对方三人面面相觑，显然感受到了轻视。其中一人当即皱眉道："艾维斯先生，你这句话是什么意思？一个小时？这根本不够我们谈的。"

艾维斯道："抱歉诸位，你们应该清楚，时间就是金钱，后面还有七八家商户在等我，他们都有不同的诉求和生意。"

这句话让三个人脸色都变了一下。

"卡佩罗。"

戴着金丝眼镜的中年男人伸出了手，轻笑道："艾维斯先生，我很想知道那七八家商户约您做什么？难道他们也想租房吗？"

艾维斯点了点头，握手的同时说道："也不都是租房合作，甚至有人想买下我的保龄球馆，加以改装，开设一个大型的健身房。"

卡佩罗道："要把一个上千平方米的保龄球馆改成健身房，这成本实在太高，没有人愿意做这样的生意。"

艾维斯苦笑道："谁知道呢，我父亲是职业保龄球运动员，他认识很多健美领域的运动员，提出这个生意的，正是一个颇有影响力的健美运动员。"

卡佩罗的笑容有些僵硬了，他夸张地大笑了两声，然后道："艾维斯先生，我们还是谈一谈开超市的事吧，这可是稳赚不赔的买卖，我们有充足的信心可以实现盈利。"

"您打算以半年的房租入股是吗？"

艾维斯点头道:"是的,半年的房租,大约是48万美金。"

卡佩罗道:"我们需要划分600平方米,半年的房租不到29万美金,而开设一个超市,我们已经做了预算,请您看一下。"

艾维斯并没有看文件,只是把文件递给了杜韩森。

直到此刻,三个人才把目光投向杜韩森,他们似乎已经意识到,今天可能是这个人做主。

卡佩罗笑道:"这位先生,开设超市有很多需要准备的事项,除了基础的装修之外,我们甚至需要改设电路,打通进货渠道,还有加盟费用,第一批货物的费用,员工的费用,等等。"

"这一切加起来,足足需要75万美金,29万的房租,只占总投资的38.6%。"

"同时我们是项目的提出者、创意的策划者和经营者,应该占据更多的股份,所以我分出30%给艾维斯先生,合情合理。"

杜韩森平静地点了点头,道:"说得很好,卡佩罗先生,想必你为此准备良多。"

卡佩罗笑道:"做生意总要考虑万全不是吗?况且先生,你也看到了,我们已经有一家超市了,做得很好。"

杜韩森道:"是的,你们已经有一家超市了,材料显示,你们这两年的盈利超过了百万美金。"

卡佩罗道:"所以您是同意这个方案吗?"

杜韩森放下了文件,缓缓笑了起来,道:"我好奇的是,你们已经有了百万美元的盈利,为什么要找我们合作呢?"

卡佩罗表情有些僵硬,但还是回答道:"这正是我们的缘分不是吗?我的兄长是艾维斯先生父亲的粉丝,我们希望拉近关系,拯救这个保龄球馆。"

艾维斯微微有些激动，忍不住道："真的吗？真是太感谢你们了，如果……"

杜韩森直接打断道："卡佩罗先生，这种胡诌的感情牌或许对艾维斯有效果，但对我没效果，请你改变策略吧。"

"另外，你的材料中显示，你们拥有的上一个超市，两年盈利总计超过了百万美金，那么为什么没有提到两年前？我猜是因为两年前还处于初期亏损状态吧？

"这两年所赚的百万美金，其中一定拿了一笔钱，去填补前期的亏损了。

"再加上你们自身生意成功，一定会消费的，比如买车，比如度假……我猜测，你们身上的现金，可能也就 50 万美金左右了，否则以你们的能力，不会让其他人分这杯羹。

"卡佩罗先生看中了这里的市场，和我们合作是必然的，换句话说，是我们给了你机会。"

一番话，让三个人头昏脑涨，差点没当场招了。

卡佩罗连忙道："先生，我们并不是没有资金开展项目，但把风险分担出去是常规手段，我觉得这并不能说明什么。"

杜韩森道："对于生意来说，时间就是金钱，你们为什么不等到存够了钱再来开超市？因为你们深深认识到了这里的市场，你们不愿意错过这个机会。"

"我们用 29 万美金的房租投资，虽然比例只占 38%，却帮你们提前开业，不但分担了风险，还把握住了机会。

"同时，你刚刚提到了成本之中的加盟费，这很可笑，这家超市一定会是你们之前的招牌，难道自己加盟自己，也需要算到成本里面吗？

"第一批货的投入，只能放在账目里，而不是放在投资金额中，不是吗？"

三个人听得目瞪口呆，一句话都说不出来。

而艾维斯已经傻了，看着杜韩森，满脸的震惊。

杜韩森道："所以其实投入成本不是75万美金，而是……60万美金！"

"29万的房租，应该占据50%的股份，但鉴于经营权在你们手上，相同的股份会引起经营纠纷，所以我们愿意退让一步，只占48%的股份。

"毕竟你们是艾维斯父亲的球迷，我们愿意帮助你们把握这里的市场。"

卡佩罗吓得站了起来，惊声道："48%！别开玩笑了先生，我们是来做生意求合作的，不是来做慈善的。"

"说实话，您不应该提出这样苛刻的条件，毕竟您清楚我们是有能力把这个做好的，大不了我们去拉投资！凭借我们的能力和经验，我们足以申请到超过百万美元的投资！"

杜韩森笑道："你们敢吗？你们只是普通人，只是刚刚把小生意做好的普通人，接受投资，你们玩得过他们吗？股权结构，经营控制，你们难道不担心吗？"

"其实你们很清楚，一旦接受他们的投资，你们早晚会被吃得连骨头都不剩。但艾维斯很安全，他不会给你们找事，简直是完美的合作对象。"

第一章　异乡异客

艾维斯听得心花怒放，但还是按照原计划，硬着头皮道："还有最后十分钟了，如果今天谈不完，那就改天再谈吧。约了人，总不好爽约。"

卡佩罗这下是真的急了，连忙道："艾维斯，看在上帝的份上，我认为我们可以给到35%，一定没有比我们条件更好的商家了。"

杜韩森道："事实上有一个华尔街的二世祖，喜欢玩乐，打算把这里买下来，开一个酒吧。"

"他不在意盈利，也不在意成本，只是喜欢玩而已。

"他排在你们之后，下一个我们就见他。"

说到这里，杜韩森轻轻道："只是他有一个缺点，就是不接受合作，仅此而已。"

"卡佩罗先生，做生意不要只看到蝇头小利，目光放长远一点，你们在这里做成功了，这意味着什么？仅仅是超市盈利吗？

"其实远远不止，做成功了两家超市，这意味着……有人会找你们加盟了，加盟费可是一大笔钱。"

卡佩罗呼吸都有些粗重了起来。

他直接道："那我也不废话了，38%，这是我们的底线，超过38%，我们转头就走。"

杜韩森笑道："45%，这是我们的底线，否则我们不介意失去长远的利益，选择和富二代合作，获得短时间的利益。"

"想必你们清楚，艾维斯的家快破产了，那位想开酒吧的富二代，其实是艾维斯最想见的人。"

卡佩罗沉默了。

三个人面面相觑，最终站了起来，转头就走。

艾维斯都快绷不住了，差点要出声挽留了。

但就在这个时候，他的电话突然响了起来。

他连忙打开电话，故作惊喜道："啊！是保罗先生！是是是！没谈拢！我们当然更倾向于把球馆卖给您！"

"哎，是是是，您放心，我们一定准时到。"

挂掉电话之后，卡佩罗已经停下了脚步。

他咬着牙，表情很是难看，却还是说道："是的！你们赢了！45%！干了！"

"我要求立刻签合同，否则我不放心！"

卡佩罗豁出去了，他绝不想错过这个机会，哪怕失去一些利益！

一直忙到了晚上，合同终于签订。

卡佩罗伸出了手，轻声道："杜，在商场上，你是个勇士，我佩服你。"

杜韩森笑道："你一定会成功的，卡佩罗先生，祝你好运。"

三个人摇头叹息，提着电脑匆匆离去。

直到此刻，激动的艾维斯才终于大吼出声，一把抱住了杜韩森，狂笑道："杜！我爱死你了！如果你是女人，我一定发疯似的追求你。"

杜韩森无奈道："这个就敬谢不敏了。"

说到这里，他又笑了起来，道："不过这的确是一件喜事，你应该请吃饭，把保罗他们也叫来，开心一下。"

艾维斯大叫道："是的！我正想这么做！"

或许是不合时宜，聚餐的提议遭到了其他朋友的拒绝，保罗正在老家给父亲过生日，凯莉和珍妮今晚有单身派对，安东尼则是在医院照顾他年迈的祖母，他们都没有时间。

杜韩森需要持续观察分析西通银行的情况，于是便取消了这次聚餐，让艾维斯先把合同处理好，等大家忙完了手头上的事再聚。

时间一拖再拖，直到半个月后，杜韩森接到了安东尼的电话。

"杜，帮帮我……"

他的声音带着啜泣，又无比急迫，颤声道："西通银行的钱划不出来了，医院已经不允许我们转账支付了，是不是出什么大事了？"

这句话让杜韩森心惊，等了这么久，这一天终于要来了吗？

他连忙道："安东尼，之前让你们把西通银行的现金都取出来，你们没做？"

安东尼道："我们也没想到，这么大的银行，会出现这种问题啊！"

杜韩森连忙道："先别管那么多了，医院一定是察觉到了西通银行的风险，开始规避了，不出两天，西通银行的危机将彻底爆发，那时候你就真的来不及了。"

"快去银行取现，无论是自助提款机，还是营业厅，快去！一家不行就换一家，直到取完为止。"

挂断电话之后，杜韩森又连忙给凯莉等人打了电话，告诉他们立刻取钱。

医院拒收的消息很快会传出去，紧接着便是超市和各大公司拒收，然后会立刻出现取款挤兑现象。

按照西通银行如今的资金能力，已经不足以应付取款挤兑了，股市会迅速崩盘，这家银行已经在倒闭的边缘了。

杜韩森深深吸了口气,看着窗外霓虹闪烁,他很清楚,寒冬已然到来!这一场酝酿了几个月的大雪,会在未来几天之内席卷西通银行,将这个庞然大物彻底封印。

但杜韩森并不是在等这一刻,他要看的不是雪,是梅花。

他等待的不是西通银行的破产倒闭,而是股票直接跌落谷底!

他要抄底!

周末,又是一周的结束,众人终于有时间聚在了一起。

依旧是那个中餐厅,依旧是坐在繁华都市的窗前,俯瞰着车水马龙的街道。

艾维斯非常高兴,将最近的合同进程说了个仔细,并当着朋友的面,再次感谢杜韩森的帮助。

其他朋友也是心中感动,如果不是杜韩森让他们赶紧取钱,他们的现金恐怕真的取不出来了。

"完了,西通银行要破产了。"

保罗一边玩着手机,一边说道:"现在各大医院、超市、会所、公司,包括各类营业场所,都不再接受西通银行的付款,无数的取款人排成了长龙,天天堵在各大营业厅的门口。"

"严重的信任危机,极度短缺的现金流,几乎要杀死这个庞大的银行。"

安东尼也道:"从前天开始股价下跌,现在已经跌倒了历史最低点,再这样下去,西通银行都要退市了。"

凯莉喃喃道:"还好……还好我们在最后的时刻,把钱都取了出来,否则现在哭都没地方哭去。"

保罗却暗暗拍桌子,咬牙道:"该死!我忘记提前抛售西通银行的股票了！4000美金啊！缩水了100多倍，我简直想死。"

艾维斯却眼睛发亮，惊喜道："那我们之前的贷款……是不是随着银行的破产，就不必还了？"

如今他对杜韩森是无比的佩服和感激，于是问道："杜，你说呢？我记得你还在西通银行分部做实践来着，你怎么看这件事？"

杜韩森道："大量的不良资产无法处理，到期的钱无法收回，抵押抛售也找不回损失，信誉降低到了极点，西通银行的确已经在破产的边缘了。"

"股市这方面也看得出来，历史最低点，距离退市只有一步之遥了。"

"所以我……"

保罗惨笑道："杜，你是不是也有西通银行的股票，并且提前抛售了？"

杜韩森却是摇了摇头。

他喝了一口茶，说出了惊破眼球的一句话："我今天收购了西通银行大量的股份。"

"啊！"

"什么？"

"不会吧？"

众人直接吓得叫了起来。

保罗更是惊呼道："杜，你这直接走上了一条死路啊！"

安东尼也不禁有些担心，连忙道："杜，你平时挺聪明的，一到关键时候，怎么就犯糊涂呢？你买的不多吧？"

杜韩森轻轻笑道："挺多的，现在我已经是西通银行最大的华人股东了。"

众人顿时低下了头，捂着脸不知所措。

艾维斯喃喃道："杜……为什么？你一向很聪明，不会犯这种错误啊！"

其他人也纷纷问了起来。

"是啊，杜，你怎么会自寻死路呢？"

"西通银行都快倒闭了，现在股价虽然是历史新低，但那也是钱啊，买来一堆股份有什么用，都要破产了。"

杜韩森看着窗外车流涌动，心中却有一种莫名的兴奋。

西通银行危机爆发，寒冬来袭。

但他没有感觉到寒冷，他只是看到了迎着寒风的梅花，傲然绽放。

这是磨难。

更是机会！

他在黑暗中，等待黎明的到来。

4

黎明之后　朝霞满天

> 成功的唯一秘诀，是坚持到最后一分钟。
> ——柏拉图

在众人哀号、不解的时候，杜韩森终于给出了自己的答案。

"西通银行的起源可以追溯到19世纪末，自开始信贷经营至今，几乎快一百年了。

"作为一家有着百年历史的银行，作为一家上市几十年的庞然大物，它拥有极其深厚的底蕴。

"这一波重创，或许能把这个庞然大物彻底杀死，但我还是看好那一批优秀的银行家，他们会想到办法解决如今面临的巨大危机。"

说到这里，杜韩森的声音变得低沉且自信，他喃喃道："西通银行最大的危机是过多的不良资产无法处理，导致现金不断损失，危机不断发酵，才出现了今天的困局。"

"但如果能在一定的时间内，用特殊的办法将这些不良资产全部处理好，这个庞然大物就会重新焕发生机。

"那时候，我这个华人最大股东，岂不是捡了天下最大的便宜，在历史最低点购入的股票，可是几百倍的价格。"

艾维斯听了倒是很高兴，忍不住道："杜，在这方面我对你是崇拜的，我相信你的判断。"

凯莉和珍妮也纷纷点头，对于她们来说，杜韩森做到了太多事，也一定可以把这件事处理好。

而保罗更懂金融，他皱眉道："杜，这是不可能的，西通银行如果有能力处理那些不良资产，它便不会走到今天这一步了。"

"它如今在信誉上已经受到了巨大的打击，市场和民众已经不再认可它，不具备翻身的条件了。"

杜韩森点了点头，道："保罗，你说得没错，正因为大多数人都这么认为，所以西通银行的股票才会在短短几天之内，跌落至谷底。"

"但我认为会有奇迹出现的。西通银行是有底蕴的，它几十年的业务网络，强大的金融渠道……这些都是无形的资产。"

保罗道："可这些还有什么用？当信任危机出现的时候，这些渠道瞬间就化作乌有了。"

杜韩森说道："如果有人重新帮它建立信誉呢？"

"只要重新建立信誉，用大量的资金堵住取款挤兑的缺口，并配合一系列储蓄优惠政策，西通银行会很快稳定下来。

"只要稳定了下来，最后就是处理不良资产了，除了催收手段之外，可以发掘拍卖渠道和合作渠道，直至最终把这些不良资产全部

第一章 异乡异客

处理干净。

"那时候，西通银行就彻底活了，股价甚至会涨到历史新高！"

众人听得云里雾里，保罗则苦笑不已，这简直是天方夜谭，根本不可能实现的。有什么样的傻子会舍得用大量的钱去帮西通银行恢复信誉啊，况且这也不仅仅是钱可以做到的事。

杜韩森笑道："你们要不要陪我赌一赌？赌对了可就是百倍的利润哦。"

保罗连忙摇头道："这太疯狂了！对不起，杜，我不敢陪你一起赌。"

珍妮和安东尼也是纷纷摇头，他们并没有资金去做这种事。

艾维斯倒是忍不住道："我真想把我的身家全部投进去，我相信杜的眼光，毕竟他帮了我很多。可惜现在家里确实拿不出钱来了，我只能把我剩下的零花钱拿去买股票，大约2000美金。"

凯莉天性就比较喜欢刺激，也直接道："我喜欢这个决定，我有1200美金，全部投进去！"

杜韩森笑了起来，道："诸位，这件事我并没有把握，金融市场就是这样，瞬息万变的，所以如果都打水漂了，请不要怪我。"

凯莉摇头道："无所谓，就算是亏了，也不如你亏得多。"

杜韩森缓缓道："我们拭目以待吧，不会等太久的。"

艾维斯的合作项目持续进展，安东尼的祖母已经痊愈出院，凯莉和珍妮因为取出了西通银行的现金，心情也十分不错。圣诞节的假期即将结束，众人在这最后的时间内，经常小聚。

只是大家再也不提西通银行股票的事了，包括艾维斯都闭口不言，只因这几天的新闻都太糟糕了。

西通银行高层面对这次危机，实在是束手无策，无法处理，董事长已经引咎辞职，各大经理纷纷跑路，员工离职，并加入了讨债队伍。政府也开始介入，准备整理资产，清算破产。

从任何方面看来，西通银行都已经步入了万劫不复之地。

杜韩森也时刻注意着这些新闻，他心情平静，还没有绝望，静静等待着最后的那一刻光明。

"怎么都这么沉默？要知道这一次聚会之后，又得开学了。"

坐在哈德逊河的公园，喝着咖啡，欣赏着波光粼粼的美景，艾维斯率先打破了沉默。

凯莉摊了摊手，笑道："好吧！失意只是暂时的，人生总是这样，不必在乎那么多。"

然后她又抱着头，无奈道："可惜那1200美元回不来了，如果现在可以抛售股票就好了，只可惜压根没人买。"

保罗忍不住道："当初我可是劝过你的啊，别陪着杜去疯。"

凯莉道："我并不后悔，如果重新决定的话，我或许还是会做同样的选择，这就是我。"

珍妮拉住了凯莉的手，轻笑道："亲爱的，我就喜欢你这个性格。"

凯莉摆手道："亲爱的，我也喜欢你……"

安东尼无奈道："行了，就当这件事没有发生过吧，聊聊其他的。"

艾维斯道："聊聊我家的超市吧，那三个合伙人太能做事了，这么短的时间内，他们几乎完成了所有的装修，甚至已经开始上货了。

我发誓,他们可能在下个月就会正式营业。"

众人看向了杜韩森,发现他在发呆。

眼神转换之间,保罗最终低声道:"杜,不必难过,只是一次失败的投资而已,这并不能证明你没有才华。"

杜韩森如梦初醒,随即笑道:"我并没有难过,我只是想事情去了。诸位,不必担忧你们的金钱,现在还没到说失败的时候。"

凯莉疑惑道:"杜,你认为我们还有机会?"

杜韩森点头道:"虽然最近全是西通银行的负面消息,但是别忘了,黎明的到来,总要经历最黑暗的时刻。"

"最近我在看书,有那么一句话,让我印象深刻。

"成功的唯一秘诀,是坚持到最后一分钟。"

艾维斯不禁叹了口气,无奈笑道:"杜,我依旧相信你的眼光,即使我这2000美金真的回不来了,我还是感谢你的。"

凯莉也连忙道:"是啊,杜,这只是一个人生经历而已,我并不怪你,请不要自责。"

珍妮轻轻道:"要不送杜去看看心理医生?我怀疑他已经陷进去了。"

杜韩森喝了一口咖啡,忍不住笑道:"我只是自信而已,我们学习了这么多知识,并通过知识做出专业判断,那么在结果没有出现之前,一定要相信知识。"

"准确地说,是相信曾经努力的自己。"

话音刚落,杜韩森的手机就发出了一声轻响。

杜韩森打开手机一看,长长舒了口气,把手机放在桌上,轻轻笑道:"上帝是眷顾我们的。"

艾维斯低头一看，当即瞪大了眼，震惊地念出了新闻标题："重磅！美国银行宣布收购西通银行！"

这一句话，像是闪电一般，同时击中了在场众人。

他们死死盯着屏幕，不停往下刷，发现这个新闻在此刻已经席卷了媒体。

凯莉忍不住惊呼道："杜！这意味着什么！"

保罗吞了吞口水，道："这意味着，美国银行会投入大量的资金，并用自己的信誉做担保，帮助西通银行恢复信誉。"

"他们会利用自己的强大实力，解决取款挤兑，解决不良资产，最终让西通银行彻底复活！"

"由于西通银行已经属于美国银行的子公司……那么这意味着，西通银行将来的股价会超过历史最高点！"

"杜！你赢了！"

说完话，保罗一口把咖啡喝完，大声道："该死！我为什么没有听你的啊！我应该把房产卖了来买股票的！上帝，给我一次反悔的机会好吗？"

而艾维斯和凯莉已经激动得跳了起来，发出尖叫之声，然后抱在了一起。

"杜！你简直是个天才！相信你果然没错！"

艾维斯大笑道："谁能想到呢！谁能想到呢！杜，你是不是早就料到了这一切！"

杜韩森摇头道："当然没有，这是不可预料的，只能说幸运女神站在我们这一边。"

凯莉大声道："该死的！我们怎么能喝这个！我们需要的是酒！

是香槟！"

艾维斯大手一挥，直接道："别吵了，今晚我请客！大家不醉不归！"

杜韩森这才站了起来。

他看着眼前的几个朋友，心情无比愉悦，轻轻笑道："诸位，也给我一个请客的机会好吗？毕竟我是西通银行最大的华人股东呢。"

"哈哈哈哈！"

众人都忍不住笑了起来。

保罗伸出了手，笑道："虽然我很后悔没有听你的，但是，杜，我由衷为你感到高兴。如此出色的案例，应该被写入大学教材，这不是你的终点，这只是你的起点。"

"我记住那句话了，成功的唯一秘诀，是坚持到最后一分钟。

"祝贺你！"

两人的手，紧紧握在了一起。

阳光明媚，哈德逊河缓缓而流，将两侧高楼纳入其中。

波涛泛泛，衣衫飘飘，那是大西洋的风，它跋涉万里而来，只为见证这美妙的一刻。

第二章

师海无涯

第二章　师海天涯

1

红日初升　其道大光

宰相必起于州部，猛士必发于卒伍。
　　　　　　——《韩非子》

清晨的雾并不浓，像是给世界盖上了一层薄薄的纱，朦朦胧胧、隐隐约约之间，清风拂面而过，带着湿润的冷意，让人逐渐变得清醒。

杜韩森微微揉了揉眼睛，脑子依旧有些混沌，昨晚喝得太多，早上差点睡过头。

虽然有很多不舍，虽然这里有很多值得怀念的地方，但他依旧要踏上归国的路途了。艾维斯、珍妮等人无法挽留，只能在最后的时间陪着杜韩森，为他斟酒送行。他们也互相约好，以后有机会就来中国看望杜韩森，或者杜韩森再来美国相聚。

千言万语，终究是要离别，一夜痛饮，杜韩森终于出发。看着车窗外不断倒退的景色，回想着在这里发生的一件件事情，他心中不胜感慨，同时也燃起了对家乡的渴望。

游子在外，不免思亲，杜韩森想念亲人，恨不得立刻回到家中，与亲人聊聊家常，谈谈这段时间以来的经历和感受。

飞机穿行于云雾之间，划过长空，穿越了整个太平洋，终于稳稳落在了机场。

直到这一刻，杜韩森的心跳仿佛平缓了不少，一根紧绷的弦在不知不觉间悄然放松，脚踏实地地踩在故土的感觉，让他有一种莫名的安全感。

回到家中，杜韩森并未考虑之后的工作问题，而是陪伴家人，直到一周之后，他才终于慢慢忙起了正事。

他需要去相关部门报到，然后选择之后的工作去向。在此之前，他也考虑过自己想要做什么，思虑虽多，却始终没能找到答案。

阳光明媚的上午，繁忙的都市让他心中产生了莫名的活力，来到领导的办公室，他坐了下来，聊起了这段时间的经历，相谈甚欢。

领导很是亲和，一边喝着茶，一边笑道："你的事我可知道得不少，风云人物啊，在巨大危机时期，收购西通银行股份，最终实现逆转，眼光独到得很。"

"这个收购案例，已经被写入国内 MBA 的教材了，你比你想象中更加知名。"

杜韩森唯有一笑，摇头道："这件事有运气的成分。当然，如果能给人启发，也是我的荣幸。"

领导点头笑道："这次打算做什么事呢？我这里有好几个领导都

过来打招呼，表示欢迎你到他们那边去。说实话，我还很少见到这种情况，不见其人，却已经抛出了橄榄枝。"

杜韩森苦笑道："就是没有什么确定的方向，还需要思考一下，做个选择。"

领导想了想，拿出了一份文件递给杜韩森，道："证监会那边需要你，他们认为你的学历和实践经验都符合他们的要求，同时你的能力也足以胜任那份工作，要不你去试试？"

杜韩森看着文件，陷入了沉思，片刻之后，他才轻声道："这起点太高了吧。虽然我是学这个专业的，但在这方面的经验还不够，贸然上任，我担心到时候遇到难题会束手无策。"

"哎，你对自己的要求太高了。"

领导摆手道："哪个新入职的不是先学习啊？哪有一进去就直接能处理难题的？一步一步来嘛。以你的天赋和刻苦程度，估计一两个周就能上手，或许对工作还有独到的见解也说不定。"

"这边的工作虽然要求高，有难度，但正是施展才华的地方啊！"

杜韩森忍不住笑了起来，道："领导，正因为如此，我才觉得有压力，毕竟我才毕业，还需要打磨自己，不太适合去这样的岗位。"

领导一边点头，一边沉思，他似乎也在想这个岗位是否可以有所变通。

很快，他又拿出了另外一个文件，笑道："那再看看这份聘书，央行那边想邀请你过去帮忙处理业务，这方面你可很擅长，不要推辞啊。"

杜韩森看了一下信息，仔细思索后，便点头道："这个应该没问题，我感觉我可以胜任，只是不知道那边的工作环境怎么样，规矩多不多。"

领导大笑道:"放心吧,过去专心做业务就行,那边是很好的平台,等你积累了更多的经验,可以慢慢往上提拔,毕竟你的能力,大家都看在眼里。"

杜韩森这才点了点头,笑道:"那我就过去试试,希望能帮到他们。"

"好!那事情就这么定了,下周一你去报到,基本的信息都在文件上,待遇很不错,你可以详细看一看。"

说到这里,领导把第三份文件放进抽屉里,道:"那这一份文件,就不用看了。"

杜韩森突然道:"我想看看。"

领导愣了一下,才点头递了过来,笑道:"国大那边想聘请你过去做导师,他们很重视你在金融方面的天赋,想让你带一带那些博士生。"

杜韩森眼睛一亮,不禁看向文件,他越看越有兴趣,最终陷入沉思。

领导看他这个神情,忍不住按着额头苦笑,心中不禁感叹,看样子央行也没那个福分了。

杜韩森抬起头来,忍不住道:"领导,我想去做老师,接触接触学生。"

领导叹了口气,道:"去那边可不轻松,课程压力大,科研要求高,学生也没那么好管,待遇也未必有其他两个岗位好……"

"说说你的看法,我想知道你是怎么想的。"

杜韩森郑重道:"说实话,我认为我刚刚毕业,虽然在学习期间

第二章 师海天涯

有过些许实践经验，但未必能够胜任前两份工作。那两个位置，把我捧得太高了，我多少有些不踏实，还是国大这边更适合我。"

"另外，和学生接触能够更好地激发我的创意，能够更多地积累我的经验，这也有助于我以后转型。"

领导站了起来，轻轻拍了拍杜韩森的肩膀，和颜悦色道："你啊你，像你这样经历的年轻人，能有这份谦逊和清醒，实在难得。"

"不过我看你也未必是觉得前两份工作无法胜任，你是很在意所谓的创意和未来的转型吧。"

杜韩森笑道："瞒不过领导，我确实看得远些，希望未来多一些可能性。"

领导看着窗外，缓缓道："《韩非子》有言：'宰相必起于州部，猛士必发于卒伍。'"

"你有心从小处做起，积累经验，激发创意，未来或许有更大的成就。"

说到这里，他转过身来，伸出了手，笑道："红日初升，其道大光啊！加油吧年轻人，我认为你做得到。"

杜韩森连忙伸手过去，两人相视一笑，眼中有莫名的默契。

成为国大的博士生导师，是杜韩森慎重思考后的选择，这并不意味着这份工作对于他来说游刃有余，完全没有压力。他依旧在有限的时间里，紧急备课，仔细做好工作的每一个细节，努力做到没有瑕疵。

课程进行得很顺利，和学生的沟通也没有任何障碍，亦师亦友的关系让他觉得无比舒适，也让人精神振奋，因此，他也在上课备课之余，学习崭新的知识。

研究的课题不断深入，一个接着一个的难题被他带着学生逐步解决，这种成就感着实让人开心，渐渐地，他也发现这些学生各不相同，其中有一个人最近的状态似乎出现了问题。

作为老师，杜韩森找到合适的机会，请这位学生吃饭。

"黄诚啊，最近的课题进展怎么样了？下周一要汇报方案，有没有好的点子？"

饭桌上，杜韩森主动开启了话题。

黄诚是一个天才，虽然父母只是小县城的普通职工，但他靠着自己的天赋，一路开挂一般考进国大，然后直博。在杜韩森的印象中，他是一个不太健谈、比较内向，但做事很认真，很踏实的一个学生。

只是最近他做事情总是进度很慢，心不在焉，整日沉思走神，也不知道想什么去了。

"唔……我……那个，方案还没有做好。"黄诚有些结结巴巴的，似乎很紧张，但又很快强调道："但我下周一之前一定会做好的，到时候交给您看。"

杜韩森点了点头，斟酌着话语，尽量不给他带来压力，只是轻笑道："最近在忙什么事吗？进度似乎很慢啊，这里也没其他人，你跟我聊聊，是不是遇到什么困难了，拿出来咱们讨论一下，看能不能一起解决。"

黄诚沉默了很久，才摇了摇头，道："没事的杜老师，我会调整好自己的状态的。"

杜韩森笑道："有什么问题说出来，我也可以给你出出主意嘛。"

第二章 师海天涯

黄诚想了想，才叹了口气，道："其实没有遇到什么具体的事，我只是最近没什么动力，琐事太多了。"

杜韩森道："为什么会没有动力呢？在我印象中，你虽然话不多，但意志一向很坚定。"

黄诚摇头道："我只是觉得，自己所学的东西，好像并没有什么用处。无非就是将来有个不错的工作，能赚一点钱，能让自己的家庭稍微宽裕一点，仅此而已。"

"这当然是好事，大多数人的奋斗也与此有关，只是最近发生的很多事，让我渐渐怀疑自己。"

说到这里，他看向杜韩森，咬牙道："杜老师，我们学金融到底有什么意义？除了能找份好的工作，将来有相对可观的收入，我们还能做什么？"

"能改变整个大环境吗？能改变我们老家的贫困吗？我真的觉得很没用。"

杜韩森沉吟了片刻，他想着，或许是黄诚的老家出了一些事，让他的自信心遭到了打击。这些事虽不好细问，但可以通过他的疑问，来找到解决问题的方法。

于是，杜韩森郑重道："学金融既然没用，为什么会开设这个专业呢？如果仅仅是为了让一个人有收入，那有无数的专业可以替代它。"

"往小处说，你刚刚已经提到了，这个专业可以让你有一个不错的前途，让你有相对优越的收入，可以让你更有能力照顾好亲人和朋友，让你周围的一切变得和谐。"

"但往大处说呢？一个国家的整体生活水平要提高，就需要经济的持续稳定发展，而金融则是经济持续稳定发展的必要手段和不可或缺的因素。

"基础设施的建设，中小型企业的发展，百姓的生活，一切的一切都需要金融手段来周转调和，最终都是为了让人们生活得更好。"

说到这里，杜韩森微微顿了顿，才缓缓道："你不能仅仅把这个专业认为是自我利益的实现手段，它更是社会发展的必要因素，你不单单在追求自我的利益，也在为这个世界的发展做贡献。"

"你或许不明白，想着自己本来没做什么事，怎么就是做贡献了。其实不然，一个人的力量是有限的，贡献是微不足道的，但所有人都做好本职工作，聚合在一起，就是扭转乾坤的磅礴伟力。

"这些力量，才是社会发展的真正助力。

"黄诚啊，你学习的东西很有意义，只是你走入了思维的死角。"

黄诚想了很久，才道："老师，我听懂了，但是我没有代入感，我无法立刻调整自己的心态。"

杜韩森笑道："那没关系，下周一的方案出来之后，你们的实践课就要开始了，我已经在接触公司了，接下来，你们会真正感受到其中的乐趣。"

"黄诚，你将经历更重要的课程，足以改变你心态的课程，你做好准备了吗？"

黄诚皱眉道："实践课程，可以改变我的心态？"

杜韩森点头道："在那里，你同样可以看到人生百态，看到你自己所做的事，到底有什么意义。"

黄诚深深吸了口气，咬牙道："老师，我想尽快看到那一幕。"

杜韩森忍不住笑道："那就赶紧吃饭，回去好好做方案，下周一我要看到你出色的想法。"

"好!"

黄诚有些腼腆,埋着头吃了起来。

关于实践课,杜韩森已经构思良久,准备妥当。他不单单是博士生导师,也是博士生合作站的导师,最近投资的几家公司有新的动作,正好让学生们参与进来。

周一的汇报顺利结束,杜韩森对他们的想法和构思都很满意,这些学生的确都是非常优秀的人才。如果他们保持初心,好好去做一些事,将来一定不会被埋没。

黄诚的想法更让他赞叹,总的来说就是天马行空,却又与实际情况紧密相连,达到了出乎意料又切实可行的程度。

所以杜韩森也觉得没有必要再拖下去了,于是直言道:"我们研究的课题基本上结束了,收尾工作可以慢慢做,并不着急。"

"接下来是我给你们安排的实践课程,听好了,现在有五家公司需要你们去判断和参谋。

"这五家公司,各有各的情况,接下来需要做什么事,需要进行怎样的战略部署,便是你们要完成的实践作业。"

这些话说出,几个学生都直接被镇住了。他们满脸的不可思议,面面相觑,眼中尽是激动。作为学生,哪怕是博士生,这样的实践机会都是可遇不可求的。所以他们当即就发出了惊呼之声,然后不断询问细节。

杜韩森摆手道:"别问我公司具体的运营情况和其他细节,你们现在要做的是,自己去公司入职。"

他给出了五家公司的名字，然后沉声道："你们需要凭借自身的资质和实力，去这些公司应聘自己能够触及的岗位，在岗位工作期间，你们需要充分了解这个公司的经营状况，判断公司将来该朝哪方面发展。"

"当然，这只是实践的第一个方面。第二个方面是，当你们判断出来之后，要详细写出发展计划，并给出可信的依据及理由。

"如果你们的理由足够说服公司的高层，那么你们则需要帮助公司，完成这方面的发展！

"这，才是实践的全部！"

这下几个同学都傻了，这还要自己凭本事去入职？入职之后还得判断？那得耽误多少时间啊！

陈肖忍不住道："杜老师，这些公司和您有关系吗？"

杜韩森笑道："所以你期望什么样的答案呢？是否与我有关系，会影响到你的实践吗？"

陈肖道："如果杜老师可以把我们直接安排进高层，那么这就可以节约很多时间，我们可以在短期内找到公司的症结，并给出合适、合理及有说服力的发展计划，然后加以实施。"

"毕竟我们靠自己入职，那太耽误时间了，而且刚开始的岗位也不足以发挥我们的才能。"

有另外两位同学，也表示赞同这个观点。

杜韩森却摇头道："直接安排你们进入高层？你们觉得这可能吗？靠自己的资质去入职，也是实践的一环，甚至可能是极为重要的一环，希望你们不要想着逃避和轻视。"

"古语有言，宰相必起于州部，猛士必发于卒伍。你们正是要从

第二章 师海天涯

最开始的一步做起，才能真正敏锐地感受到这个公司的经营状况和亟待解决的难题，才能给出有针对性的发展战略。

"想要走捷径，想要一步登天，那或许会让你们短暂地发挥出自己的才华，却会扼杀你们的敏锐和智慧，你们需要的是亲身去了解，而不是靠助力。

"好高骛远，最终只会碌碌无为，甚至酿成大错。脚踏实地，方能找到解决之法，成就真正的自己。"

说到这里，他看向众人，沉声道："不要去逃避那些你们认为微不足道的事，那些事往往才是最重要的，或许正是你们灵感和创意的来源。"

众人低下了头，沉默中有些羞愧。

杜韩森拍了拍桌子，笑道："别垂头丧气的，我就问你们一句，靠自己进公司，去自己想去的职位，有没有信心拿下？"

"有！"

几个学生齐声大吼，脸上的羞愧早已不见，继而露出的是满满的自信和坚定的眼神。

红日初升，其道大光。这就是少年啊！

杜韩森被他们的眼神所感染，心中涌起一股冲劲。

2

干将发硎　有作其芒

> 慎重者，始若怯，终必勇；轻发者，始若勇，终必怯。
> ——苏轼

冰河已融，春暖花开，窗外鸟鸣阵阵，暗香浮动。

杜韩森坐在办公室，看着电脑屏幕上5个学生的资料，陷入沉思。

他虽然是初入国大，但这一届却足足带了5个学生，他们分别挑了5家公司，正在进行入职前的准备。经过这么长时间的相处，杜韩森对他们也算是有所了解了。

黄诚，出身普通，性格内向，不善言辞，但天赋极佳，头脑聪慧，做事有恒心有毅力，总是悄无声息地做好自己该做的事，也从不张扬。

陈肖，家庭条件不错，性格比较外向，擅长沟通交流，也善于

第二章　师海天涯

表现自己，同样很有天赋，只是偶尔比较浮躁，也不是大毛病。

周筱薇，一个文静好学的姑娘，读书做事都极为刻苦，做事情很有章法，往往先谋而后动，把一切都安排得明明白白的。

蒋云豪，同样是典型的学霸人物，说话不多，却总能指出关键点，好学上进，会提前考虑问题，有创造性地提出一些颇有新意的建议。

最后一个，吴强，大大咧咧的性格，咋咋呼呼的模样，风趣幽默，同样也是天才型选手，做事情没什么计划，但又能靠自己的才华化险为夷。从每次踩点上课这一点，就看得出他的冒险因子。

他们性格各不相同，会选择什么公司和职位呢？说实话，杜韩森对此非常好奇。

"还在看，吃饭了啊大哥，这都快1点了，你是要修仙吗？"

不合时宜的声音响起，身穿风衣的男人敲了敲桌子，无奈道："我等你快一个小时了，你是要饿死我啊！吃你一顿饭真不容易。"

他是杜韩森最好的朋友之一，赵刚，名字普普通通，却很有才华，是首都广播电视台的主持人，形象方面自然也很不错，就是性子急了点。

"行了，别催了。"

杜韩森笑道："下午你又没节目，搞得这么急，晚几十分钟还真饿不死你。"

赵刚拍了拍肚子，道："不是我催你，是肚子催我，叫了好几次了，赶紧的吧！这些学生不还没入职嘛，现在都没法评估。"

杜韩森微微眯眼，呢喃道："我倒是真有点好奇，他们会怎么选择开始自己的实践呢？那几家公司可都有比较棘手的问题，希望他们能够发现啊。"

"杜老师！我等不及了！"

"行了行了，走走走，我看你能吃多少。"

两人勾肩搭背，大步走出办公室。

又是一周过去了，每周日的上午，都是学生们回校汇报的时间。

杜韩森早早就来到了办公室，最先到的还是那两人，周筱薇和蒋云豪，然后是黄诚和陈肖。最后一位吴强，毫无例外，很是精准地卡在了9点整，刚好到达。

"都说说吧，这一周的情况，不会有人还没入职吧？"

杜韩森还真怕这个，学历高不代表工作能力强，更不代表事业顺利，万一有人一个周都没能入职，那可太丢面儿了。

陈肖直接把名片递给了杜韩森，笑道："杜老师，你看，这名片还是公司帮我做的，质量真不错。"

杜韩森接过来一看，只见上面写着"北方京宏能源集团市场部区域经理"。他有些意外地看向陈肖，疑惑道："市场部区域经理？你这算是直接进入管理层了啊！"

陈肖笑道："我是周二去面试的，当时人事那边看我资质不错，简单面试之后就直接拉我到市场部。我和市场部的总经理聊了很久，最开始他还是让我先从专员做起，毕竟我没有经验。但我跟他说了我的一些想法，软磨硬泡之下，最终还是给了我区域经理的位置。"

"只不过我负责的区域市场很小，还处于初期开发的阶段，任务不重，承担的责任也比较小。不过这正好适合我大展身手。"

杜韩森点头笑道："很不错！干得漂亮！"

第二章 师海天涯

蒋云豪道："老师，我就没有名片了，我进的是'百味食品股份有限公司'，是采购部，经理助理的位置，不算管理层，但可以帮忙做一做采购规划和前期调研。"

杜韩森笑道："为什么要选择这个岗位呢？这和你所学专业的联系并不算紧密啊。"

蒋云豪道："其实还好，百味食品体量比较大，采购涉及的方面很多，我可以帮他们省钱和增加效率，在合同和合作方式等板块，我能发挥专长。"

这个答案在杜韩森看来并不意外，很符合蒋云豪按部就班的个性，他也的确擅长这一方面。

想到这里，杜韩森看向周筱薇，道："筱薇，低着头做什么？你去的是哪里？"

周筱薇似乎有些不好意思，小声道："老师，我去的是'云鼎科技'，运营部，只是普通员工……"

杜韩森知道她在想什么，于是安慰道："普通员工也没什么不好啊，从基层做起，才能积累更多的经验嘛。不过我意外的是，以你的简历，应该不至于如此啊！"

周筱薇苦笑道："我……主管说我现在虽然有学历，但还不够成熟，至少要先在普通岗位上待半年，熟悉熟悉情况。"

杜韩森道："你怎么想的呢？"

周筱薇道："我觉得主管说得没错，我确实暂时没法接手那么多事情，先了解了解，总是好的。"

杜韩森点了点头，笑道："挺好的，继续加油，吴强你呢？哪个公司？"

吴强大大咧咧说道:"锦绣传媒,也是做运营,小经理一个,听起来好听,但没啥职权,看之后怎么走吧。"

杜韩森忍不住道:"感觉你不太在意这个岗位似的,说说想法。"

吴强道:"挺在意的啊,这个公司上班不用打卡,在一定期限内完成自己所属的业务就好,我对这个工作还是挺满意的。"

众人都忍不住笑了起来,吴强还是那个性格,喜欢自由,不喜欢那些条条框框的束缚。

杜韩森也任他发展,最后看向黄诚,道:"你呢?"

众人也纷纷看向黄诚,他算是几人之中能力比较强的,但不善于交际,又会选择什么样的岗位呢?

黄诚看了众人一眼,有些不好意思地说道:"惠民地产,运营部,职员。"

众人对视一眼,都不禁有些叹息。惠民地产以前还行,但这几年被几个行业巨头打压,几乎快撑不住了,进这家公司,可谓前途渺茫。关键还只是一个职员,这怎么搞?

杜韩森道:"你怎么看这家公司?"

黄诚小声道:"还不知道怎么看,不太了解,希望之后慢慢找到其中的症结吧。"

这个答案,并没有让杜韩森感到惊喜,所以他只是点了点头,并没有发表什么意见。

脑中整理了一下学生们的入职资料,然后沉声道:"以四个周为期限,完成你们的实践论文。论文中要涉及公司的运营情况、发展前景、亟待解决的问题,以及解决问题的详细方法及依据。"

"字数文体什么的我不限制了,我要看的是你们的想法,有没有

第二章 师海天涯

问题？"

众人只能点头，实践作业哪有什么问题，无非是努力去做罢了。

等到众人走后，杜韩森把他们的信息记录下来，陷入沉思。

陈肖，北方京宏能源，市场部区域经理。

蒋云豪，百味食品，采购部经理助理。

周筱薇，云鼎科技，运营部经理职员。

吴强，锦绣传媒，运营部经理。

黄诚，惠民地产，运营部职员。

这个答案并没有出乎杜韩森的意料，无论是公司还是职位，都比较符合他们的个性与能力，只是后续怎么发展，怎么写这个实践论文，就要看他们的真本事了。

这几个公司，杜韩森可谓是了如指掌，可以很准确地说，正确答案就在杜韩森手中，他希望有学生可以找到公司的真正症结和解决之道。如果能找到症结，还能找到解决之道，那就是满分了。如果不仅做到了这两点，还能够把事情真正解决了，那就是真正的有才华，不需要打分了。

只是杜韩森也有一点担心，一个月的时间对于他们来说，是否太仓促了。要在这么短的时间内，用微不足道的职位，去敏锐地察觉到公司的困境，的确是一件比较艰难的事。当然，如果不艰难，又怎么配得上他们所学的知识呢。

一个月的时间匆匆而过，这段时间杜韩森除了陪家人之外，大多时候都在观察学生们的表现。

黄诚、周筱薇和吴强都算是中规中矩，蒋云豪在自己的岗位上干得不错，提出了很多富有创造性的构思，算是帮百味食品在采购方面出了不少力，晋升或许近在咫尺。

而陈肖就十分出色了，他带着一批人在初开发的市场上敢冲敢闯，竟然真的咬下了一大片口子，破解了市场初期的艰难困局，连市场部的总经理都对他赞赏有加。

"有勇气！有冲劲！有能力！"

这是市场部总经理和公司高层对他的准确评价，甚至已经有高层打算提前把他往市场部塞了。目前看来，陈肖是走得最顺的。

又是周末，又是早晨。

今天的天气，阴雨绵绵，让人做事情都提不起兴趣。

杜韩森倒还算精神，直接到了多媒体教室，等待学生们的到来。

最先到达的依旧是周筱薇和蒋云豪，然后是陈肖和黄诚，直到9点整，睡眼惺忪的吴强终于到达。

杜韩森道："今天不但要交实践论文，还需要你们完成非正式意义的答辩，准确地说，是你们需要把论文的核心内容讲解出来。"

"从陈肖开始吧，你最近干得不错。"

陈肖顿时一笑，打开多媒体投屏，论文内容和PPT就显示在了屏幕上，其他同学和杜韩森则坐在下方，仔细聆听。

"北方京宏能源集团，是我们当地首屈一指的私营能源公司，主要经营燃化业和矿业。

"它规模很大，公司建制成熟，已经有二十年的底蕴，在北方市场很受认可。

"我负责的板块是开发华中地区的业务，目前一个月，算是小有进展。这主要体现在，团队的打造已经相对成熟，渠道供应链条已经打通，市场初期订单正在加紧签订，只是目前的物流仓还没有彻底完善。

"给我半年时间,我能够把各个方面兼顾,让条件全面成熟,最终实现对华中地区的全面把控。"

往下翻页的同时,陈肖继续道:"目前公司的规模还在扩大,产能溢出,有足够能力支撑更大市场的需求。为什么选择朝华中地区扩张呢?原因有三。"

"其一,华北地区的市场,我们基本上已经拿下了,运营也相对成熟,没有什么进步的空间了,毕竟我们不可能把国企几个巨头挤出去,那难度太大。

"其二,东北和华东地区市场几乎是饱和状态,国企具备相当强大的统治力,我们在这方面竞争力远不如他们。

"其三,华南、西北、西南这几个板块,相隔太远,我们力所不及,无论是前期的准备,还是物流的跟进、渠道的打通,都处于空白阶段,不适合当下战略构思。

"这样说来,华中地区就成了最好的选择。我们可以靠价格战占领初期的市场,专做下沉客户,先站稳脚跟,再竞争其他领域。"

杜韩森适时问道:"下沉客户的主体是什么?是企业还是民众?以哪种形式销售?"

陈肖自信道:"客户主体是中小型企业,尤其是一些资金缺乏的企业,我们可以用代偿和预订的方式进行交易。同时,我们也采取民众加盟的方式,在前期批量销售,把零售的市场给他们运营。"

"进攻的方式多种多样,我们有强大的资金能力,所以可以允许前面一年的大量投入,直到第二年、第三年才收回成本,但那时候,市场已经是属于我们的了。"

杜韩森沉默了片刻,然后率先鼓起掌来。

其他同学也纷纷鼓掌。

杜韩森这才道:"做得很不错,至少在你自己的岗位上,你做到了最好,可以说是给人惊喜。但关于公司整体战略目标,你怎么看?"

陈肖继续往下翻页,然后说道:"公司目前也有问题,就是之前铺展的生产线太大,产能过剩,市场方面一旦开发不成功,那生产线就全部砸手里了,那时候光是银行的利息,就足够让我们崩溃。"

"所以公司目前最需要解决的问题,就是市场问题,只要市场打开了,产能过剩的问题就解决了,公司整体才能实现良性运转。"

杜韩森道:"所以市场在哪里呢?怎么打开呢?"

陈肖想了想,才道:"在现有的条件下,我们目前能把握的始终是华中地区,如果能占到25%的市场份额,就足够解决产能过剩的问题了。"

杜韩森笑道:"但你应该很清楚,25%的市场份额是几乎不可能的,就算能够达到,也不可能长久保持,北方京宏是一定要把场子铺开,往其他方向想办法的。"

陈肖咬牙道:"是的,所以……我们要抢华东市场!华南、西南、西北我们鞭长莫及,基础架构跟不上,华东市场只要能撬开10%,就足够了!"

杜韩森道:"怎么撬开?据我所知,华东市场除了国企之外,还有大量的私企在竞争。"

陈肖往下翻页,最终定格,一字一句道:"并购重组!优化产业结构!跟他们打!"

第二章 师海天涯

"在论文中,我列举了华东地区三家经营状况出了大问题的公司,他们靠自己已经很难再形成竞争力了,我们可以并购他们,直接把触手伸到华东,空降竞争。

"由于时间仓促,详细的并购计划,我还没有弄完,论文就到这里了。"

杜韩森站了起来,为他鼓掌,其他人也纷纷站了起来鼓掌。

说实话,这个论文的构思,实在太优秀了。

陈肖的确当得起任何赞美,这种冲劲、勇气和执行力,让人惊艳。

干将发硎,有作其芒。

在他身上,杜韩森看到了宝剑即将出鞘的璀璨光辉。

随即,杜韩森看向蒋云豪,道:"轮到你了,来吧,展示。"

蒋云豪点了点头,打开了自己的论文。

他轻轻道:"百味食品股份有限公司是国内规模较大的食品生产零售公司,主打粮油和调味品,业务覆盖了大半个中国。"

"这家公司在各地都有生产线,主要集中在大城市,生产和销售同样重要,我所在的岗位是负责生产采购的。

"涉及的东西非常多,但主要偏向于农产品的采购,这里面的规则错综复杂,可操作性极强。"

说到这里,他微微顿了顿,缓缓说道:"其实目前公司的困境并不大,主要是产业结构需要升级和优化,从而减少成本,降低销售价,提高竞争力。"

"我目前要做的是帮助采购部优化结构和产业链,剔除中间商,直接从一线采购农产品,成立专门的线下采购机制,这样可以节省超过15%的成本。

"在销售和产品力的竞争这一块，我虽然不负责，但我在论文中也给出了建议。

"百味食品目前销售市场大，成绩很好，但并不是长久之道，它正在面临新型模式的冲击。想要保持这样的成绩，需要动用核心力量，打造自己的品牌，否则很容易就会被同行挤出去。"

杜韩森点头道："分析得很好，那么要如何打造自己的品牌呢？要知道这是一个复杂的过程，也是一个长期的战略。"

蒋云豪道："百味食品作为老牌食品企业，重点关注自身食品的质量和价格，并没有把品牌纳入考虑范围，在如今这个时代，品牌恰好是最大的竞争力之一。"

"所以我认为，应该成立多个新品牌，作为百味食品的衍生品牌，由这些品牌去占领市场。尤其是百味旗下经典品牌的打造，特别重要，这是占据未来市场的关键因素。

"我可以举个例子，就像联合利华集团，他们就推出了很多衍生品牌，包括夏士莲、力士、中华、奥妙、清扬等，全方位多层次地占据了市场。百味食品走这一条路，绝对是长久的生存之道。"

杜韩森忍不住鼓掌，赞叹道："精彩！十分精彩！要是百味食品的高层听到你的建议，一定会无比惊喜！"

"谢谢老师。"

蒋云豪鞠了一躬，缓缓走了下来。

紧接着上台的是周筱薇，她依旧是戴着眼镜，一副很文静的模样，做的PPT都显得十分秀气。

她的脸红扑扑的，平静地说道："云鼎科技是一家互联网公司，主打的业务是网络游戏,目前……目前其实挺赚钱的,手里有几个爆款游戏,虽然体量不大,但足够实现盈利。"

"运营部所负责的往往是游戏日常运营,包括宣发和营销活动,内容不多,但还是比较繁杂。

"目前来说……其实没有什么困境啦,因为云鼎科技的游戏用户比较单一,黏度强,不会出现莫名流失的情况,而且还有部分新用户的涌入。"

杜韩森轻笑道:"游戏用户的年龄段呢?"

周筱薇暗道杜老师好厉害,总是问到最关键的问题。

她轻轻说道:"游戏用户主要是12岁到22岁的年轻人,22岁到30岁的也有,但占比不高,15%左右。"

杜韩森道:"那么问题来了,只有部分新用户涌入,这意味着未来的市场非常严峻,当这一年龄段的人长大之后,你们的市场在哪里?又如何与其他公司竞争?要知道,中国的游戏板块,目前是腾讯、网易双雄并立,他们所留下的空间已经很小了,如果无法抢先占据未来市场,那等待你们的就是死路一条。"

其他学生听完之后,也不禁有些惊骇,怎么杜老师什么行业都懂啊,这私下里到底做了多少工作啊。

周筱薇被问得有些不知所措,但还是硬着头皮道:"这个问题,我在论文中提到了,我认为这就是云鼎科技将来要解决的最大问题。"

杜韩森道:"我纠正一下,不是将来,是立刻,是迫在眉睫。"

"未来市场虽说是将来,但如果不提前抢占,等事到临头再来争取,就没有任何机会了。

"云鼎科技是一家体量并不大的公司,它不像腾讯,拥有强大的用户基数和雄厚的财力,也不像网易有专业的团队和多年的经验,如何竞争?靠什么竞争?这个问题在最短的时间内不解决,那云鼎科技就只有被收购这一条路了。"

周筱薇低声道:"靠游戏本身!"

她抬起头来,鼓足了勇气,说出了自己的看法:"我认为,在游戏运营的领域,云鼎科技根本没有办法和腾讯、网易竞争,只能从游戏本身入手,打造产品质量,从质量上直接碾压他们两家公司。"

"游戏这个商业板块,和其他板块有着巨大的区别,它不像食品,吃哪个公司生产的都行,也不像能源,用谁的都是用。

"对于游戏来说,好玩就是好玩,不好玩就是不好玩!质量决定了玩家,而玩家决定了一切。

"我认为云鼎科技只有一条路可以走,就是开发全新的游戏,靠游戏本身的可玩性、娱乐性、号召力,在夹缝中崛起,最终拿到未来的市场。"

杜韩森道:"怎么去开发?用怎样的手段?"

周筱薇的胆子似乎大了起来,自信道:"研发投入!这一点非常重要!只有提高了研发投入,才能创造真正好玩的游戏。"

杜韩森道:"优势是什么?网易和腾讯也有巨大的研发投入,你认为云鼎科技的研发优势在哪里?"

"在于没有规矩限制!没有严格的KPI!"

周筱薇道:"游戏的研发需要专业的人才,也需要灵活的思想。大公司虽然钱多,但束缚也多,一个项目在短期内没有成效,所面临的压力就会很大。基于此,他们研发出的游戏往往基于以前的爆

第二章　师海天涯

款而改动，并不是完全创新。"

"而云鼎科技不需要，我们只需要打造自己的世界观，做完全原创的内容，这样就能保证从内容上打倒他们。"

说到最后，她的声音都变得激动高亢了起来，小脸红扑扑的，整个人都散发着光彩。

干将发硎，有作其芒。

杜韩森又想到了这句话，他在周筱薇这个女孩身上，也看到了这样的光芒，如此夺目，如此耀眼。

"该你了，吴强，赶紧说说你的想法。"

杜韩森心情很好，直接给吴强挥了挥手。

吴强连忙走了上去，打开论文和PPT，内容做得毫无美感，一塌糊涂，这就是他懒散的风格。

"咳咳！对不起杜老师，时间太紧了，我昨晚赶出来的，所以还没有修改。"

说到这里，他郑重道："但是一定是有干货的！"

杜韩森无奈按住了额头，什么叫时间太紧了，分明是你的拖延症太严重了，硬是到了昨晚，迫不得已才临时弄的。

吴强清了清嗓子，道："锦绣传媒是个什么公司呢，算是互联网传媒公司，主营的业务是视频影音这一块，既包括短视频，又包括大电影，还有游戏直播。"

"公司成立不久，刚好五年时间，但资产已经翻了百倍有余了，算是吃到了时代的红利。"

"市场这一块，锦绣传媒不需要担心，中国人多嘛，蛋糕这么大，就算是来几头猛虎也吃不完。"

杜韩森道："错！再大的市场，最终都会被巨头垄断大半，甚至超过九成，如果没有居安思危的意识，那命运就只能是被收购或者破产。"

不过他也理解吴强的看法，首先是这个蛋糕确实太大了，其次是吴强这个人本身就比较懒散，这样的人往往很有创意，但缺乏执行力和远见。

吴强道："我继续说啊杜老师，现在锦绣传媒其实最要紧的是自身的优化，由于公司扩张太快，导致内部管理混乱，许多部门职能重叠，又有许多业务没有部门管理。"

"人事调动，职能分配，啥啥都不行，各种推诿扯皮数不胜数，工作效率极低。"

杜韩森点头道："分析得不错，继续说，这个问题要怎么有效解决？"

吴强直接道："聘人啊！锦绣传媒的老板其实已经无法掌控这么大的公司了，他应该退居幕后，把管理权让出来，聘请专业的CEO和团队，来打造全新的公司，以应对越来越专业的业务。"

"完成了自我的改良，才能谈竞争，才能谈未来。

"而竞争与未来，对于互联网音视频公司来说，最关键的地方在于趋势，大环境大数据的趋势。我在论文中写到，未来市场的蛋糕，主要在于精细化、微小化和针对性。

"所以应该把资源侧重在短视频和网络影视剧上，游戏直播要慢慢扔了，因为游戏资源本身就在竞争对手的手中，拿什么跟人家打？只有在原创的道路上做自己的内容，才能真正占据一席之地。

"等在网络占据了一席之地，有了相对成熟的体系之后，还可以慢慢朝实体的电影公司发展，打造属于自己的IP，这才能具备长久的竞争力。"

果然，吴强的想象力是天马行空的，创意是非常独到的，这一点杜韩森很是赞赏。

他点头道："很好，下来吧，该黄诚了。"

在众人的围观下，黄诚走上了讲台，把自己的论文投在屏幕上。

他有些腼腆，对着众人一笑，然后道："惠民地产是一家以商业、住宅用地开发为主的地产公司，体量不算大，目前很是艰难。"

他的语气有些沉重，低声道："由于前期的项目投资太大，资金已经快撑不住了，即使各方面拉投资、借贷，也完全顶不住，场面铺得太大，所需金额太多。"

"但现在立刻停止，又不会有人接盘，前期的投入就全部损失了。而且这个项目，是惠民地产最后的希望，一旦落空，公司就只能倒闭了。"

众人沉默，其实这是他们预料之中的事。这几年房地产行业太难做了，大集团都难，更何况是小作坊。当初黄诚选这个公司，众人就不怎么看好。

杜韩森却是笑道："继续说，困境？解决之道？"

黄诚道："最大的困境就是资金困境，这也是最难解决的，其他的困难，只需要做好自己，而这个困难，却要求人。"

"现在，公司内部人心离散，工资都压了几个月没发了，承包方开始罢工、讨薪，但公司确实是没钱给了。

"可以说，最多两个月，惠民地产就撑不住了。"

杜韩森道："那么是否可以用资产抵押的方式向银行借款呢？或

者说，以项目投资的方式去拉到投资？"

黄诚摇了摇头，道："不好办，第一是惠民地产把所有的筹码都压在了这个项目上，已经没有其他资产可以抵押贷款了，而这个项目本身风险太大，也很难招到投资。"

杜韩森笑道："这么说，这个公司彻底没救咯？"

他看向其他同学，道："你们怎么看呢？"

陈肖道："资金缺口太大，且没有资金来源，这种情况下，最好的办法就是，让更大的地产公司来收购。这是唯一的路了。"

吴强摇了摇头，道："我不明白这个项目到底是什么，非得把公司全部砸进去，为什么？"

黄诚叹了口气，说道："惠民地产其实一直做得不错，一直盈利，只是体量比较小。但由于这几年房地产市场的不景气，让公司高层察觉到了危机，他们只能趁着情况还没恶化的时候，奋力一搏。"

"所以用尽力量，拍下了这块地，但没想到银行因为其资产风险，不给贷款了，所以就出现了这种情况。"

周筱薇低声道："这也没办法，银行也有他们的考虑和制度，现在的情况，或许只能让大公司收购了。"

蒋云豪道："惠民地产这一步迈得太大了，心太急了，所以出现了意外。"

杜韩森听着他们的话，微微眯眼，看向黄诚，道："你呢？你怎么看这种濒死的情况？你认为还有其他解决的办法吗？还是说你也赞成被收购？"

黄诚有些犹豫，但还是把论文翻到了下一页。

上面一行加粗的大字，极为显眼："解决资金危机的唯一办法——上市！"

陈肖和蒋云豪同时站了起来，瞪大了眼睛。

周筱薇和吴强更是一脸懵，上市？都这种情况了，还上市？

黄诚咬牙道："为什么不上市呢？惠民地产满足上市的所有条件！公司建制完整，连续七年盈利了，总股本超过3个亿。"

杜韩森已经忍不住笑了起来，黄诚果然是个天才啊，他确实发现了一条堪称奇迹的路。

所谓慎重者，始若怯，终必勇；轻发者，始若勇，终必怯。黄诚算是前者的典型了，这是干大事的人啊！

于是杜韩森道："继续说！他们财务状况都已经这样了，凭什么可以上市？"

黄诚道："地！地还在吧？虽然项目刚开发，但地还在吧！这个虽然不足以打动银行和投资者，但政权管理部门不能不认。别看惠民地产如今糟透了，但它却的的确确在事实上符合上市的客观条件！"

"只要……只要动用专业的团队，全力准备上市，成功的概率起码有四成！四成！足够救命了！总比不战而死要来得光彩。

"我相信惠民地产的高层，既然做出拿下这个项目的决定，就绝对具备冲击上市的勇气！

"因为这是他们唯一逆转乾坤的希望！"

杜韩森不禁鼓掌道："精彩！太精彩了！这一番话足以让所有人刮目相看！"

干将发硎，有作其芒啊！杜韩森在他身上，看到了如此夺目的光芒!他几乎可以预见,一颗商业新星已经冉冉升起。

这5个学生,他们有缺点,却也有自己出色的闪光点。他们的创意足够获得赞美,也足够给杜韩森启发。

杜韩森觉得自己当初的决定是正确的,来这里做导师,的确可以接触到更多的东西,让人激动、亢奋并愉悦的东西。

3

前程似海　来日方长

> 学道须当猛烈，始终确守初心，纤毫物欲不相侵。
> ——王惟一

杜韩森对 5 个学生的实践论文都很满意，在他看来，学生们都在有限的条件和基础下，依靠自己的学识和眼光，对企业做到了精准的判断和战略构思，这是极为难得的。

恰好是周末，又恰好是饭点，杜韩森很高兴地请众人吃饭，算是庆祝一下这一个月以来的成果，正好也了解一下他们在公司的感受和具体想法。

这一顿饭可不得了，一吃就是两个多小时，该说的都说了，才终于散去。

下楼的时候，黄诚走了上来，鞠了个躬，郑重道："杜老师，谢谢您！"

杜韩森笑道:"怎么回事啊?突然道谢。"

黄诚道:"之前我陷入了思维死角,认为学金融没什么意义,您说实践之后就明白了。的确,我现在已经明白了。"

杜韩森道:"说说看,是发生了什么吗?"

黄诚叹了口气,道:"惠民地产的很多员工,已经有三四个月没发工资了,都是普通人,三四个月不发工资,在这个地方可怎么活啊。一旦公司倒闭,他们又怎么去讨薪?工地上的农民工怎么办?背井离乡来到这里,累死累活却见不到钱……"

"如果公司能上市,能筹募到资金,他们的辛苦才会有回报,他们的家庭才会安稳,这难道不是意义吗?

"而且,商业中心的建成,也让当地的百姓更加方便,他们要购物不需要跑那么远了,家门口就是,这多好啊!

"之前是我不懂这些,没有经验。现在我明白了,我做的事,其实还是有意义的。我现在很满足,也很有动力。"

杜韩森拍了拍黄诚的肩膀,郑重道:"黄诚啊,大多数人是看不到这一层的,他们只关心自己的收入,只关心每一个岗位对应多少工资……我并不是说这样不好,我只是狭隘地认为,这样其实终究难成大事。"

"真正要做大事,就需要看到百姓需要什么,做百姓需要的事,满足他们的生活需求和精神需求,就一定是有意义的事,也一定可以带来利益。

"所以,为人民着想,这在前,赚取利益,这在后。有了这样的思想,才会真正做成大事,才能成为受人尊重的企业家。"

说到这里,杜韩森又笑了起来,道:"不过,认识到这一点只是开始，还不是全部。"

"你需要持之以恒，需要保持初心，用毅力、智慧和坚韧，去解决一个又一个问题，最终实现目标，这才是全部。

"古语有言：学道须当猛烈，始终确守初心，纤毫物欲不相侵。

"意思是学习需要激情，需要努力，需要海纳百川，但一定要坚守初心，不要忘记你为什么努力，为什么出发。让欲望、金钱等一切因素，无法侵蚀你的道心。这样，才算圆满。

"老师希望你能记住今日所说之话，这样才能越走越远。"

黄诚再次鞠躬，郑重道："谢谢杜老师，学生谨记。"

又是两周过去了，杜韩森一边关注着学生们的进展，一边和各大公司讨论着学生们的方案，最终都得出了比较好的处理方案。

所以在周末的时候，他让学生们回校，准备把最后一堂课教给他们，也算是毕业之前的最后作业。

"这就要毕业了吗？"

吴强平时大大咧咧的，关键时候又有些不舍，忍不住道："杜老师，最后一堂课是什么呢？"

杜韩森看着他们，缓缓笑道："这段时间，我把你们的实践论文详细阅读之后，拿给了你们各自公司的高层。通过和你们公司高层的商议，一致决定，给你们相应的职位，让你们亲自实现自己制定的战略计划。"

这句话把几个学生震得说不出话来，亲自参与到战略计划之中？还有这样的课！

蒋云豪不禁有些结巴："那……那公司高层竟然同意了？"

杜韩森笑道:"你们的方案都非常出色,非常有创意,而且符合现实,符合逻辑,有什么不能同意的?"

"蒋云豪,周一你就会升职,成为百味食品集团采购部的副总经理,你们总经理会和你一起,完成采购方面的优化升级。在这之后,百味食品集团会成立三个子公司,专注发展旗下品牌,你会是这三个子公司其中一个的CEO。"

蒋云豪愣住了,张了张嘴想说什么,却又说不出来。

杜韩森道:"陈肖,北方京宏能源那边,你会成为华中地区的市场部总监,如果华中地区做好了,华东地区就是你的战场。"

"最开始你只有参与权和建议权,并没有实际的权力,但华中地区试点成功之后,你就是华东地区真正的掌舵者,那时候你可以充分发挥自己的才华。

"都说千里马常有,伯乐不常有,如今伯乐我已经给你找到了,是不是千里马,那就得你自己来证明了。"

陈肖罕见地有些紧张,攥着拳头咬牙道:"杜老师放心,我一定不会丢您的脸。"

"不。"

杜韩森摇头道:"和我的脸面没有关系,我也无法靠我的面子去帮你们争取这个职位。你们的机会,是你们的方案和论文争取到的。"

"做好自己的事,别忘了自己为什么出发,这才是难能可贵的。"

吴强笑道:"那我呢?我能做什么?总不能让我去拍网剧吧?"

杜韩森道:"你?你猜猜你是什么职位?"

吴强想了想,才道:"运营部的副总?负责开发短视频项目?"

杜韩森却是摇头一笑，道："不，是CEO。你不是说锦绣传媒公司管理混乱，机制不完善，需要专业的团队重新打造公司吗？锦绣传媒的董事会决定，聘请你来做CEO，为公司注入全新的血液，调整公司部门，划分职能，在短时间内恢复平稳。"

吴强人都傻了，喃喃道："那我……那我岂不是睡不成懒觉了？"

这个角度真是刁钻啊。

杜韩森忍不住笑了起来，道："废话，非但睡不成懒觉，连假期估计都没有了，至少前面半年，你会累得像狗一样。不过你要是做不下来，也可以跟我讲，我会让那边收回成命。"

吴强想了想，才咬牙道："累就累，干了！正好我有很多想法，都在锦绣传媒用出来。我还就不信了，按照我的理念去建设这个公司，还能出什么差错不成。"

杜韩森笑道："我就欣赏你这个态度，要相信自己的能力，尤其是相信自己的自律能力。"

然后他看向周筱薇，道："筱薇，你想做什么样的工作呢？"

周筱薇有些不好意思，低头道："我现在职员也做得很好，我还是感觉我经验太少了，不适合立刻提拔上去。"

杜韩森道："云鼎科技也这么认为，不过他们同样也认为，关于游戏产业，需要的不是经验，而是新颖的想法和创意，这本就是更倾向于年轻人的行业。"

"所以他们打算组建一个全新的游戏开发团队，这个团队，你是副手，需要提供非常宝贵的建议。"

周筱薇"啊"了一声，然后才松了口气，道："还好是副手，否则我连那些流程都要学习很久，有人带我，我反而轻松一些。"

杜韩森笑道:"筱薇啊,要相信自己的能力,在必要的时候,把自己的能力展示出来,用到实处。过于内敛,不太适合职场竞争啊。"

周筱薇点了点头,道:"我明白了杜老师,谢谢您。"

最后,杜韩森看向黄诚,眯眼道:"你呢?怎么想的?"

黄诚郑重道:"这两个周,我们公司已经聘请了专业的团队,全力为上市冲击,这里没有什么我想做的事了,也用不到我。"

杜韩森道:"谁说用不到你?一个公司的发展永远离不开人才,而你显然就是最出色的人才之一。惠民地产打算让你做战略部的副总,为公司的发展,尤其是长远方面的发展,做总规划、总调度。"

"你提供创意,提供想法,与整个团队协商,然后付诸实践。

"惠民地产正处于生死攸关的时刻,但他们有信心渡过这个难关,更对你这个最大的功臣有信心,你难道对自己没有信心吗?"

黄诚苦笑了一声,道:"我对自己,还是蛮有信心的,只是希望不让杜老师失望。"

杜韩森摇了摇头,笑道:"不,你们都使我感到骄傲,所以在未来的路上,不是让不让我失望这回事,而是别让你们自己失望。"

他看向5个同学,轻轻叹了口气,道:"这就是你们的最后一堂课,做好了,你们就有崭新的人生,如果做不好,不要灰心,要永远相信自己,大不了从头再来。"

"现实可能欺骗你们,但你们头脑中的知识却永远不会欺骗你们,你们获得了知识,就永远属于你们,这是无价的,比什么职位和功劳都重要。

第二章 师海天涯

"你们面向社会，会遇到很多很多的诱惑，金钱、美色、权力、欲望，一切的一切……

"面对那些东西，我无法帮助你们，需要你们自己去克服。"

说到这里，杜韩森微微顿了顿，道："所以还是那句话，学道须当猛烈，始终确守初心，纤毫物欲不相侵。"

"我希望你们在未来面对这些东西的时候，能够保持初心，能想起自己当初为何出发，只有那样，那些欲望才无法侵蚀你们，你们才能永远做自己。"

他站了起来，对着几个学生笑道："是的，我的最后一堂课讲完了，而你们人生的课，才刚刚开始。"

"将来或许你们会非常出色，甚至成为我在商业上的竞争对手；或许你们会遭遇很多挫折，如果有过不去的坎了，别忘了你们还有杜老师。"

"无论如何，同学们，我们的缘分还会继续下去，前程似海，来日方长。"

黄诚、陈肖、蒋云豪、吴强和周筱薇深受感动，他们对视一眼，对着杜韩森，深深鞠了一躬。

4

师海无涯 学亦无涯

三人行,必有我师焉,择其善者而从之,其不善者而改之。
——《论语》

"红日初升,其道大光,河出伏流,一泻汪洋。"

"潜龙腾渊,鳞爪飞扬,乳虎啸谷,百兽震惶。

松柏熬过了寒冷的冬季,度过了湿润的早春,笔直挺立于大楼之旁。办公室内,传来洪亮的朗诵声。

"鹰隼试翼,风尘翕张,奇花初胎,矞矞皇皇。

"干将发硎,有作其芒,天戴其苍,地履其黄。

"纵有千古,横有八荒,前程似海,来日方长!"

老人念到这里,转头看向杜韩森,笑道:"美哉我少年中国,与天不老;壮哉我中国少年,与国无疆。小杜啊,你可是不知道,国大那边多舍不得你啊!"

第二章　师海天涯

杜韩森也不禁笑道："领导，你这么夸我，我都不知道接不接得住了。"

领导摆了摆手，道："年少有为啊，不要在意那些繁文缛节了，你这个老师干得太出色，大家都来抢人，我也顶不住压力了。昨天国大那边还过来找我，说我太过分，看到宝贝就撬墙脚，把我委屈的啊，又不是我要用你，对不对？"

杜韩森笑道："给领导添麻烦了，哈哈。"

领导收起了笑容，坐了下来，道："好东西嘛，走到哪里都受欢迎，大家看你老师做得好，准备让你继续做老师。"

杜韩森疑惑道："继续做导师？去哪里？清大吗？那和国大也差不多吧，不至于这么兴师动众。"

领导忍俊不禁道："要是真去清大，你以为国大那边肯放人吗？哈哈哈哈！去党校上上课吧，接触一下其他东西，换个口味。"

杜韩森脸色顿时郑重了起来，他试探着问道："领导，这会不会太贸然了，我这点经验，去党校不合适吧？资历也不够。"

领导笑道："地方要发展经济，各方领导能不学习吗？在金融这方面，你做他们的老师是没有问题的。资历啊，年龄啊，不要计较那些。"

"韩文公言：是故无贵无贱，无长无少，道之所存，师之所存也。这就是达者为师嘛。"

杜韩森道："领导博闻强识，受教了。"

领导缓缓道："下个月 15 号就是开学典礼了，你负责教授第二批学员，去准备准备吧，时间并不充裕。"

"各方都比较看好你，也相信你能圆满完成教学工作。"

杜韩森点了点头,算是把这事应了下来,这对于他来说是一场挑战,只是直面挑战,迎难而上,才是他的性格。一件事情,既然遇到了就不必逃避,认真去做,尽力做到最好,才是正确的奋斗之道。

为了做好这件事,杜韩森开启了高强度的备课模式,几乎每天都在查各种资料,整理信息,编辑成有逻辑和章法的内容,结合教材,不断模拟教授的方式方法。

紧张地度过了二十多天,终于到了开学的日子。杜韩森受邀参加了开学典礼,听了领导发言,又看了文艺汇演,了解了课程的设计,也认识了一部分学生。

第二天,他直接开启了讲课模式,作为经济学研究部的老师,他尽可能地把自己所知道的专业信息传授出去,结合客观的案例,让课程生动又直观。

第一堂课难免有些紧张,但几堂课下来,杜韩森慢慢放松了,进入了自己舒适的状态。他适应能力极强,加上本身丰富的专业知识,让他慢慢自信,讲课也变得游刃有余。

而进入到这一项崇高的教学活动中,对于他来说也意义非凡,心中有成就感,故而做事更有动力。

时光飞逝,慢慢地他也和同学们熟络了起来,这些学生来自全国各地,都是杰出的人才,对待事物往往有自己独特的见解、非凡的认知。杜韩森和他们相处融洽,偶尔也会聊一聊课程之外的趣事。

"杜老师,有空吗?我们几个想和你聊聊关于地方上的一些事情。"

下课回办公室的路上,杜韩森遇到了三个同学,听到这句话,

第二章 师海天涯

随即点头道:"有空啊,咱们去花园的亭子里坐一坐?最后一点花了,再不看就全谢了。"

"好,那我们去那边等杜老师。"

杜韩森笑道:"等什么啊,咱们直接去吧,我就这几本书,拿着也不碍事。"

夏初之际,春天的花朵还未凋谢残尽,偶有枝头挂着粉白的花瓣,散发着最后的清香。

绿草如茵,一座凉亭矗立其中,尽显雅致风貌。

众人围着石桌而坐,也不存在什么尊卑礼仪,就像朋友一样聊着天。

杜韩森道:"孙理,我记得你是云南人对吧?从哪里过来的?"

孙理笑道:"我是彝海人,彝族自治州,也是机缘巧合才来这边学习,说实话,感悟良多啊。"

"这次找杜老师,也是因为心中有惑,想谈一谈关于我们彝海的情况,看能不能有一个好的方向。"

杜韩森笑道:"没问题,你直接说就是,不用客气,我们就像朋友那样好好谈一谈呗。"

另外两人也不禁笑了起来,心情放松了许多。

孙理点了点头,道:"彝海市是彝族自治州的下辖市,刚被列为新型城镇化综合试点城市,户籍人口大约50万,城镇人口大约26万,占52%左右。"

"由于地理位置和各方面的因素的影响,这里发展比较缓慢,想要迎头赶上同类型的其他发达地区,还需要做很多工作,而目前来说,又迟迟找不到战略方向,或者说,就算找到了,也需要具体的方案去实施。

"所以想听一听杜老师的看法,关于彝海市的发展,有没有比较好的建议。"

杜韩森沉吟片刻,才道:"现在的情况是怎样的?在发展上遇到哪些方面的困境呢?"

孙理也没有急着回答,而是仔细思索,组织语言。

良久之后,他才郑重道:"困境非常多,主要是这里先天条件很有限,本身的经济基础就十分落后。"

"比如农业,由于地形地貌的问题,这里的耕地并不多,土地也不算肥沃,最多实现自给自足,无法承担真正的发展重担。蔬菜瓜果同样如此,不具备竞争优势,反而算是我们比较弱势的一块。

"同样是资源问题,我们没有大江大河大湖泊,渔业虽然还行,但开发上限不高,无法支撑整个地区的经济发展。而林业、畜牧业就更不必说了,怎么可能比得上北方。

"关于工业,您知道的,我们这边工业起步晚,底子薄,人才稀缺,始终未能找到合适的发展路径,依旧处于没有竞争力的状态。

"至于服务业,在前二者薄弱的基础下,第三产业没有经济基础支撑,很难完成质的飞跃。

"所以整体来看,我们这边的情况是,起步晚、基础差、进度慢、难度大,找不到自身的优势,也吸引不到高素质人才。"

杜韩森和另外两个同学听完,也不禁皱起了眉头,一脸凝重。

发展是个大问题,也是一个复杂的命题,并非一朝一夕可以解决。这需要找到最合适的路,利用自己的优势,创造独特的价值,一步一步去实现。

所以杜韩森一时间也没能给出答复,他只是在思索,毕竟他对于彝海市的了解,还处于常识阶段。

片刻之后,他才轻声道:"彝海市是彝族自治州的下辖市,少数民族占比多少?有多少个民族居住?"

孙理对这些数据了然于胸,显然做了不少功课,基础非常扎实。他郑重道:"少数民族同胞户籍人口,占总人口的26%左右,共计有29个民族,他们长久聚居于此,有着非常悠久的历史和丰富灿烂的文明。"

杜韩森闻言,心中突然一动。想起了多年前曾经去湖南的经历——美丽的湘西古城,他不禁看向孙理,轻声道:"有一个地方,28个民族聚集,同样拥有悠久的历史和灿烂的文化,那边发展得非常不错,可以当作同类地区相互学习——湘西古城!"

这一句话,像是一道闪电,一瞬间照亮了孙理的心。

他身体猛然一震,瞪大了眼看着杜韩森,却又摇了摇头,道:"那不行的,湘西古城太特殊了,不具备参考价值。"

杜韩森道:"为什么不具备?"

孙理苦笑道:"如果没有沈从文的《边城》,湘西古城或许未必能发展那么好,我们这边没有闻名天下的文学作品加持宣传,即使走同样的路,也无法形成号召力。"

杜韩森摇头道:"不应该这么理解,因为时代不同了。"

"这样吧,我们客观分析一下这件事,看是否具备可行性,如何?"

孙理沉默片刻,才点头道:"那我问,您来答?"

杜韩森道:"好啊,开始。"

孙理道:"发展旅游业,首先要有得天独厚的旅游资源,彝海市的旅游资源在哪里?"

杜韩森沉思道:"彝海市有29个少数民族,少数民族人口数量占总人口的26%,他们有悠久的历史和灿烂的文化,和汉族文化截然不同,对于大众来说,极为新颖,又充满神秘。大众的特性就是体验不同的文化,那么彝海市自然拥有得天独厚的旅游资源。比如彝族古寨,比如民族传统服饰,甚至是传统节日和歌舞表演。"

"况且,彝海市灵山秀水,正好可以配合民俗文化,打造属于自己的特色。这样做,开发成本小,也能带动百姓富裕,带动少数民族同胞工作,还能宣传他们的文化,这不是两全其美?"

孙理被这番话惊到了,他连忙继续问道:"即使是有资源,开发成本也低,有各种好处,但关键问题还有,怎么吸引游客的到来?我们的旅游业,核心竞争力是什么?"

杜韩森道:"风格迥异的民族特色,就是吸引游客来的资本,也是核心竞争力,只要把相应的基础设施做好,让游客到这里有很好的体验感,就一定没问题。"

"我为什么这么说?原因有三。

"其一,虽然彝海市没有闻名天下的文化作品加持,但时代不同了,如今人民的生活水平大幅提高,旅游人口飙升,旅游市场越来越大,湘西古城承载不下那么多游客,吃不完那么大的蛋糕,我们有理由站出来去分享这个蛋糕,只要我们把自己做好,就不愁没人来。

"其二,如今的传媒如此发达,并不像从前那样一定要有文学作品去宣传,我们可以成立专门的文旅宣传部门,通过各种社交媒体去宣传咱们的文化，也可以请明星或者网红来代言。低成本，高回报。

"其三，彝海市地理位置非常好，云南是旅游大省，有着丰富的旅游资源，昆明、大理、西双版纳、香格里拉，都是著名的旅游城市，依托它们来吸引游客，一定有收获。况且这里气候宜人，温度适中，可谓是四季如春。当然可以有人来避暑或者避寒！

"举一个简单的例子，中小学生放暑假，父母往往会带着孩子旅游放松，全国都比较热的情况下，彝海只有20多度，这难道不是优势？青山秀水，少数民族风情，气温凉爽，这难道不是旅游资源？"

孙理忍不住按住了额头，苦笑道："我不问了，我已经被说服了。杜老师，您太犀利太准确了。"

杜韩森道："发展是一件大事，基础薄弱、资源匮乏的地区，想要在短时间内起步，依赖旅游业是最好的办法，许多城市都是如此。"

"文化，是城市的名片，世界上最知名的城市，往往都因文化而知名。比如巴黎，比如洛杉矶，比如佛罗伦萨、威尼斯、巴塞罗那、罗马，等等。

"文化的名片做好了，才能吸引人，吸引资金，吸引资源，才能实现真正意义上的发展。

"这条路不是那么轻易实现的，却是最好的路，既宣扬了文化，又保护了环境，还催生了产业，百利而无一害啊！"

孙理越听越激动，不停点头道："是是是，确实如此，是我之前认识狭隘了，时代变了，市场大了，彝海未必不能做到最好。"

另外两个学生心情也开阔了不少，于是纷纷抛出了自己的问题。

杜韩森也是一一解答，尽量做到详细而准确。

三人聊得畅快，不知时间流逝，最后站起来时，已是腰酸腿涨，抬头一看，夜幕已经将临。

在党校的日子，是杜韩森最充实的日子之一，除了备课授课之外，他也经常和学生们讨论实际的问题，有时候遇到难题了，三五天都睡不好，非得想出来个解决办法不可。

同时，他也深深感受到这群学生对学习的热情和发展家乡的急迫，他们的做事态度，以及对待理想的忠诚度，让人肃然起敬。

在传授他们经济学知识的同时，杜韩森也学习到了他们身上的优秀品质，得以自我提升。

所谓"三人行，必有我师焉，择其善者而从之，其不善者而改之"，杜韩森真正体会到了这句话，他发现了诸多同学的优点，也在向他们学习这些方面，受益良多。

时光如流，这批学员即将毕业，杜韩森颇有些舍不得，但也只能约好将来再聚。缘分总是这样，人也总是这样，聚散有时，来日方长。

结束自己党校的课程后，杜韩森开启了自己的投资之路，磕磕碰碰，也有所收获。事情不可能总是一帆风顺的，但他持之以恒，勇敢且有耐心地面对这些困境，总能找到解决之法。

在金融投资领域，他声名鹊起，更多的责任也压在了头上，现代商学院发来邀请，想让他去做导师，分享一下投资的经验，和学生们交流交流。杜韩森当然没有拒绝，在他看来，自己的导师生涯或许永远都不会结束，在实践的过程中，他也积累了大量的经验，如果能帮到别人，这自然是好事。况且这样的交流，也能让他获得不少信息和创意，也算是互相学习。

现代商学院的导师之路还在进行，他又接连收到了非常多的邀请，比如"挑战杯"青年大学生创业计划竞赛的评审会评委，比如中国文化创新大赛评审会主席，青年科技创新大赛评委嘉宾，受邀出席国际青年 YOUTH 创客节，还作为创业导师发表了演讲。

之后他又受邀中国企业家高峰论坛，参加中日韩青年创新创业论坛，作为社科院导师参与 MBA 学生面试，成为证监会特聘专家和创业导师……

杜韩森的教师生涯没有尽头，而他又通过这些有所启发，既传授了知识，又学到了知识。

师海无涯，学亦无涯。

他的路还很长，无论是导师之路，还是学者之路。

第三章

传媒节目

第三章 传媒节目

1

临时救场　小试牛刀

自信者不疑人，人亦信之；自疑者不信人，人亦疑之。

——《史典》

秋杀已起，北京多了几分萧瑟和干燥，寒意开始席卷，但街道依旧车水马龙，无数的人聚集在这座庞大的城市里，不知疲倦地工作着，为了各自的生活而努力。

杜韩森坐在餐厅，百无聊赖地玩着手机，等待良久的他终于忍不住发出了信息："赵刚！15分钟之内你要是还没到，我就撤了。"

好不容易有时间回一趟北京，想着和朋友聚一聚，请赵刚吃个饭，没想到这小子答应了12点半到，都1点半了还没到。

过了差不多5分钟，赵刚的消息才回过来："别催了大哥，我这儿忙得焦头烂额的，下午4点还有节目没搞定呢。"

杜韩森回复道："下午4点的节目和你现在有什么关系，赶紧来吃饭啊，你们单位中午不下班的吗？"

这次干脆没人回复了，杜韩森又等了 30 分钟，赵刚才风尘仆仆地赶到，一脸愁绪。

"来了来了，哎呀晚点吃饭又饿不死你，急什么啊！"

他脱下外套坐了下来，道："什么风把你吹回北京了啊，照理说你应该在山东参加那个什么会来着。"

杜韩森道："已经忙完了，回北京看看家人，这不是也想着来见一见你嘛，最近你怎么这么忙啊？都 2 点多了才下班，下午 4 点还有节目，不至于这么拼吧？"

"唉……别提了。"

赵刚无奈道："下午 4 点有个财经节目，原定的嘉宾上午临时说有事来不了，这可把我们急坏了，整个栏目组到处找人啊，但时间这么紧，哪里找得到人。"

"刚才在紧急开会呢，让都下去想办法，栏目那边也尽量调整节目时间，希望能在 5 点之前，找到帮手。"

"但这事儿吧，我看够呛。这年头谁不忙啊？找谁录节目不得提前几天预约啊？哪有提前 2 个小时找人的，这不是开玩笑嘛。"

杜韩森一边让服务员上菜，一边听着赵刚抱怨，还是熟悉的味道，熟悉的配方，让他不禁笑出了声。

"不是，你什么意思啊！"

赵刚恼了，抱怨道："看着我倒霉你高兴是不？瞧把你乐的，跟吃了蜜蜂屎似的。"

杜韩森笑道："啊对对对，看你一副倒霉样，我就觉得开心，可算是有人治你了。"

第三章 传媒节目

赵刚喝了口水,摆手道:"别得意得太早,这事儿吧,也轮不到咱来背锅,顶多大家一起被骂一顿,少不了一块肉。"

杜韩森道:"不过你们节目组是怎么回事?约好的嘉宾,怎么会突然不来了?"

赵刚摊手道:"这有什么办法?人家说身体不舒服,要去医院检查,这一大把年纪的,用这个理由我们能怎么办?还不是乖乖说一句您老人家身体健康。"

杜韩森道:"那确实没办法,算了,不提这个了,先吃饭吧。"

两人一边吃,一边聊着最近发生的事儿,许多年的朋友了,虽然很长时间没见,但不会有任何生分。

"最近我没啥事儿,导师任务暂时结束了,生意方面也没什么可操心的,接下来准备休个假,这几年我真没好好休息过,可算找到时间了。"

杜韩森一边说,一边感叹道:"况且,你以为我是你啊,我也是有女朋友的人好不好,本来陪她的时间就少,正好趁这段时间陪她到处走走。"

赵刚无奈道:"有时候我真觉得我这工作没意思,天天打卡上班,一点都不自由啊,还是你舒服。"

杜韩森笑道:"怎么?你要不也来干金融?"

"拉倒吧。"

赵刚笑道:"我能是那块料吗?你这又是高才生又是海归,又是金融家又是经济学者,又是博士生导师,又是各种创业青年导师,我干不来你这个活儿,要我说啊,你……"

说到这里,赵刚脸上的笑容忽然僵硬了,他放下筷子,抬头朝杜韩森看来，脸色慢慢变得惊喜。

杜韩森疑惑道："怎么了？别搞这个表情出来啊，我看着特别奇怪。"

"经济学者，金融家……"

赵刚激动道："我真是糊涂了，最好的节目嘉宾不就坐在我面前吗，我还找其他人干什么啊？"

杜韩森战术后仰，瞪眼道："你别乱来啊！我也干不了你的活儿。"

赵刚连忙笑道："什么叫干不来啊，你可是高才生，又是金融投资大佬，帮我们录个财经类节目，岂不是小菜一碟！"

"赶紧吃，吃了跟我走，录节目去！"

杜韩森摆手道："不去不去！我压根没接触过媒体，做不好这个，你自己想其他办法吧。"

赵刚歪着头，哀求道："杜大哥，杜老总，杜老师，好心人，青天大老爷，钢铁侠……"

"停！"

杜韩森笑道："越来越没谱了，再喊下去我该成神仙了，说啥都没用啊，真不会这个。"

赵刚连忙道："其实很简单的，就是对着摄像机，根据主持人提的一些问题，谈一谈自己的理解，仅此而已，比给学生上课简单多了。"

"你说你对着几百个企业家都能自信演讲，对着摄像机难道还能说不出话来啊！这事儿你真能做，快帮帮老弟吧，我都愁死了，你看看，我这2点才下班儿，可不可怜呐。"

第三章 传媒节目

这番话给杜韩森逗乐了,他无奈道:"看把你委屈的,这个节目,主要是讲哪方面啊?"

赵刚道:"民间投资骗局,你到时候就坐在位置上,主持人一问,哎,你就根据问题,说一说这民间投资的坑,怎么去辨别这个东西,说到点子上就可以,甚至不必太详细。"

"对于你来说,这个应该是很简单的,对吧!"

杜韩森沉思良久,才皱眉道:"这个论题倒是不难,我也知道一些民间投资骗局,不过我不懂媒体啊,不知道其中的规则,别到时候把事情搞砸了。"

"放心放心!不是直播!搞不砸!"

赵刚一边搓着手,一边笑道:"你放心录,大胆说,有后期剪辑的嘛,算是帮我解围一下。"

杜韩森想了想,才终于点头道:"行吧,我试试,要是做得不好,我可不背锅啊!"

赵刚当即大笑出声,连忙道:"绝对不背锅,而且我相信你肯定能做好,把你放这里都算是大材小用了。"

"还是杜老板痛快啊!几句话就答应了,这么相信我啊!"

杜韩森笑道:"我这是自信,自信者不疑人,人亦信之。"

赵刚瞪眼道:"这又是什么话?那不自信呢?"

杜韩森道:"自疑者不信人,人亦疑之,让你平时多读点书,干什么去了。"

"哈哈哈哈!"

赵刚大笑道:"受教了杜学者,十分感谢仗义出手,这顿饭我请了。"

杜韩森也笑道:"你应该的,让我等了一个多小时,你不请我你好意思吗?"

"是是是!"

赵刚重新拿起筷子,又吃了起来。

因为下午还要录节目,杜韩森多少要准备一下,所以两人并未盘桓太长时间,直接到了北京卫视的演播厅。

拿到演播稿之后,杜韩森看了半个小时,在脑子里组织了一下语言,就急匆匆地被推到了摄像机下。

他表情变得平静起来,心里虽然紧张,却没有表露半分,这是他多年来形成的素养。

主持人也很专业,一边笑着介绍杜韩森,一边带动杜韩森给观众朋友们打招呼。

然后主持人就开始了对案例的描述:"最近啊,南方某地级市出现了一个新型骗局,传言一个叫优产良品的粮食公司,向社会招募资金,说把钱存在它那里,年利息能达到20%。"

"在看到优产良品的实业之后,许多居民纷纷拿出了自己多年的存款,投进优产良品,结果不到两个月,优产良品就直接倒闭了,无数居民的存款就这么被骗走了。

"接下来请看采访视频,看看当地的梁女士,是怎么被骗的。"

知道暂时告一段落,杜韩森重重松了口气,并没有之前那么紧张了。

随着导播的口令,两人很快进入状态。

主持人道:"看完梁女士的视频,我们会发现,民间类似的投资骗局数不胜数,为什么偏偏就有人上当呢?那些正儿八经的公司,为什么又要设立出这样的骗局呢？"

"接下来我们请博士生导师、经济学者杜韩森老师，帮我们解答一下这个问题，有请杜老师。"

杜韩森此刻心情已经彻底放松，这些年，他的适应能力已经无比强悍。

他面对着摄像头，有条不紊地说道："这是很典型的非法集资案例，民间类似的案例的确很多，为什么会有人上当呢？因为设立骗局的这些公司，大多都是正经公司，有实体，有楼，有一定的知名度，也有相当数量的员工。"

"在这种基础上，他们很容易骗取民众的信任，就比如视频中的梁女士，他认为优产良品这么大的公司，资产好几个亿，还有占地上百亩的工厂，怎么可能骗她区区20万元呢？

"正是因为这样的信任基础，才让民众放下戒心，去相信这样的企业。这就是上当人数很多的原因。

"而为什么这些正经的公司会非法集资呢？应该是公司的业务铺展得太开，而恰好又遇到银行贷款政策收紧，公司需要资金，却从银行贷不出钱来，为了应对业务，这些公司只能铤而走险，套取民众的存款来集资。

"用非法集资的钱来填补之前的资金空缺，拆了东墙补西墙，项目又迟迟没有盈利，于是窟窿越补越大。被集资的客户们渐渐发现公司支付利息和本金越来越拖延，于是大量客户开始挤兑取款，那公司资金链就彻底崩盘了。

"到了那时候，公司已经资不抵债了，即使警方介入，民众的钱也没了。"

主持人道:"谢谢杜老师的专业分析,那么基于梁女士这样的情况,我们作为普通百姓,应该如何应对呢?"

杜韩森道:"首先啊,不要相信民间的公司所谓的高利息、高回报,还是要把钱放在国家正规的银行,这样才有保障。天上没有掉馅饼的事,利息越高,说明风险越大。如果有公司告诉你,把钱投过来,保证让你赚多少多少,那这样的情况往往就是骗局,你一定要注意了。"

"而已经被骗的民众,比如梁女士这个情况,那一定要尽快向公安机关报案,并寻求法律的帮助,争取挽回自己的损失。"

主持人笑道:"谢谢杜老师专业的解答,相信我们老百姓啊,听完之后也一定会吸取之前的教训,将来避免被骗。"

"好了,我们本期节目就到这里,观众朋友们,咱们下期见。"

随着导播的一声"咔",杜韩森如释重负,长长舒了一口气,站起来伸了个懒腰。

主持人伸出手,笑道:"杜老师,表现真不错。"

杜韩森与之握手,苦笑摇头道:"多少还是有些紧张。"

主持人道:"您太谦虚了,任何人第一次上节目都会紧张,而您是最游刃有余的那一类。说实话,杜老师挺适合做传媒节目的,将来可以多尝试嘛。"

"哈哈!谢谢夸奖,如果有机会的话,当然也希望尝试更多的事。"

杜韩森寒暄了几句,缓步离开演播厅,在他走出演播厅那一刻,浑身轻松,像是刚刚经历了一场大战,载誉而归。这种成就感和刺激感,让他觉得痛快又舒畅。

第三章　传媒节目

赵刚连忙跑上前来，瞪大了眼睛看着杜韩森，激动道："天才！老杜，你太厉害了吧，我第一次录节目可比你紧张多了，而你呢，竟然连磕巴都没有！"

杜韩森也不禁笑道："你懂什么，这叫强者恒强！"

"哈哈哈哈！"

赵刚大笑道："说你胖你还喘上了，不过这次你真是帮了我大忙了，怎么说？晚上喝一杯！"

杜韩森心情痛快，当即道："喝酒！喝！走！今天薅羊毛！"

赵刚道："随便薅！你一顿还能吃穷我啊！"

两人乐呵呵地朝外走去，大楼之外，已然是霓虹闪烁。

2

初出茅庐　大放异彩

> 慎终如始，则无败事。
> ——《道德经》

这些年来，杜韩森一直处于忙碌状态，所以即使被临场拉来做节目，对于他来说，也只是一个不大的挑战。

和赵刚聊起这些年的经历，他也是不胜感慨，杜韩森轻轻笑道："反正总有事做，哪里都在忙，也没怎么休息，今天本来想着好好休息呢，又被你拉来做节目了，好在没出差错，否则就闹笑话了。"

赵刚笑道："哎，你的发挥非常好，况且，录节目对于你来说，应该不是那么难，毕竟你之前就接触过媒体嘛。"

他掰指头算着，然后说道："你看，是多久来着，前几年你和雷军还成为《全球商业经典》杂志的封面专访人物吧？这难道不是接触媒体啊！"

"另外，之前你还是《时代财富》杂志的封面人物吧？《商业文化》《今传媒》《信息与决策》这些杂志的封面你都上过吧？经验已经丰富得很了。"

杜韩森有些慌了，他有一种不好的预感，疑惑道："今天怎么突然夸起我来了，你别又有什么事吧？"

赵刚笑道："怎么说话呢，我俩这关系，我还能算计你不成呢，我是为你着想，有没有兴趣进攻一下媒体行业啊，我看你有做这方面的天赋。"

杜韩森连忙抱拳道："我谢谢你，你饶了我成吗？我手头上一大堆事要处理，哪有心情去进攻一个空白的领域，况且我对媒体也没有什么兴趣。"

赵刚道："哎，别拒绝得那么武断，我觉得对于金融行业来说，也离不开传媒，现在是大数据互联网时代，有知名度对于你来说是好事，况且普及财经知识，也是造福于民嘛。"

杜韩森直接道："你就摊牌吧，谁又让你来做思想工作了啊？"

赵刚顿时大笑了起来，然后道："瞒不过你，说实话，今天台长看到你的发挥，很是欣赏，想专门做一档财经类栏目，为你量身打造。"

说到这里，他又连忙补充道："待遇方面你尽管提，我们尽量办到，主要是普及财经知识，创造一点收视率。你也知道，现在这个时代，百姓们手中也都有了存款，理财的观念逐渐普及，都想拿自己的钱来做点事。"

"这个节目，一定会帮到很多迷茫的人，这可是做好事。"

杜韩森皱起了眉头，经过长久地思索后，他才沉声道："那我也摊牌说?"

赵刚连忙道:"哎对,你也坦率直言,有什么顾虑都说出来,我们商量商量。"

杜韩森道:"首先我认为你说的有一定的道理,的确,传媒节目可以帮我提高知名度,这有助于我在金融行业里面继续前行,二者有相辅相成之效。"

"另外,财经类栏目可以普及财经知识,契合目前的大环境和时代需求,我也认为这件事是有价值的,有意义的。

"但是!"

赵刚坐直了身体,知道重点来了。

杜韩森道:"但是,我是个媒体小白,我虽然也接触过媒体,但只是一些极为粗浅的了解,根本把握不住里面的游戏规则,很担心做不好这件事。"

"你清楚我的性格,我是谋而后动的人,做事情没有把握,我往往不会出手,以免把事情搞砸。

"这叫什么,这叫慎终如始,则无败事。

"这些年来,我几乎是一帆风顺,虽然也遇到过困难,但都毫无例外地熬过来了,并且有巨大的收益。

"这并未让我膨胀,反而让我愈发谨慎,做事也愈发内敛,这也是在修炼人格嘛。"

赵刚也并未急着规劝,而是在思考杜韩森所说的话。

想了很久,他才点头道:"不错,你说的话很有道理,我能够理解,太过顺风顺水,人就容易浮躁,容易莽撞,你秉持慎终如始的原则,我很赞同。"

第三章　传媒节目

说到这里，他抬头看向杜韩森，神情也变得严肃了起来。

赵刚郑重道："但是我们这么多年朋友了，我同样也了解你。你不是那种遇到困难就会逃避的人，媒体节目对于你来说的确是挑战，但你内心深处是想迎接这个挑战的，不是吗？"

"虽然你给出了很多理由，什么不懂，什么谨慎，但哪怕你把要陪女朋友这个理由拿出来，我都依旧认为，你本质上还是更倾向于同意的。

"你难道不想在这个你并不熟知的领域做出一番成就吗？尤其是这个行业本身也和你的未来息息相关。"

杜韩森给他夹了一块肉，道："赶紧吃东西吧，这么一大桌子菜都堵不住你的嘴，我算是明白什么叫吃人嘴短咯。"

"中午吃你一顿，下午就得帮你录节目，今晚倒好，一顿饭就想让我去开一档节目，你这生意做得真好。"

赵刚忍不住大笑出声，端起了酒杯，笑道："什么时候想明白，给我一个答案。我也不要求你立刻答应，回去多想想，怎么样？"

杜韩森最终还是点了点头，道："行，我到时候想想，但我先说清楚啊，我未必会答应。"

赵刚道："明白，慎终如始，则无败事嘛。"

关于传媒节目，这的确是一个难题，杜韩森不得不承认，赵刚实在太了解自己了，他很清楚自己还是渴望去挑战这些东西的。

而杜韩森之所以没有立刻答应，还是因为他对传媒节目的认知并不够，或许他的认知已经超过了普通人对传媒节目的认知，但是想要做好一档节目，这点知识量显然不足以支撑。

查了很多资料，思来想去，信息诸多，却没有形成真正的逻辑链。最终，杜韩森还是联系了另外一个朋友，中国传媒大学的老师。

"王老师，好久不见了，要约到您可不容易啊！"

杜韩森走上前去，亲切地握手。

王老师中年模样，戴着黑框眼镜，颇有些儒雅的气质。

握手之后，他亲切地拍了拍杜韩森的肩膀，笑道："别人约我不容易，你这个大才子难得约我，我还能不来吗？哈哈！"

清新雅致的茶室，白烟袅袅，看着窗外的风景，闻着沁人心脾的茶香，人的心情都会愉悦很多。

杜韩森笑道："王老师，说来也怪，莫名其妙的，我也接触到媒体节目这一块了。现在北京卫视那边，想让我开一档财经专栏节目，我没什么把握，所以向您来取经了。"

"噢？"

王老师顿了顿，轻声道："为什么会找我取经？我的意思是，以你的才华，财经类节目岂不是信手拈来，还用得着这么谦逊地取经吗？"

杜韩森苦笑摇头，道："王老师，财经我懂，财经类节目却又完全不同了，我能够讲好我的专业知识，但目前无法做到做好一档财经节目啊！"

王老师道："所以你是想问，要怎样才能做好一档财经节目？"

"对！"

杜韩森道："正是这个意思！"

王老师笑了笑，端起茶轻轻抿了一口，长长出了口气。他看向窗外的景色，暂时没有说话，而是在组织要点和语言。

片刻之后，他才道："做节目，其实就是做产品，只是产品的方式多种多样，有人做粮食，有人做衣服，有人做汽车，有人建房子。虽然过程和产品都完全不同，但目的却异曲同工。"

"所以按照生产产品这方面来说，你认为最先应该考虑的是什么？"

杜韩森笑道："市场，只有确定了市场，才能根据市场需求，整合资源，生产出市场需要的产品，实现盈利。"

王老师道："做节目也是同理，首先你要知道这个节目是做给谁看的，对吧？确定了是哪些人在看这个节目，才能根据他们的需求和特性，去决定节目的方向和内容。"

"所以啊，你倒不如先想想，这个节目是做给谁看啊？"

杜韩森沉思了片刻，才试探着说道："这是卫视栏目，不是某某论坛，也不是某某商业会议，所以面向的用户肯定还是广大的老百姓。主要目的，是普及财经基础知识，让他们学会辨别其中的基础内容，避免上当受骗，也便于选择合适的理财产品。"

王老师道："那就简单了啊，你既然是面向老百姓，那说明你的内容一定要浅显易懂，要接地气，更要生动。"

"怎么生动？结合民间实际案例去分析其中的知识点，尽量避免用过多的、艰深晦涩的专业术语，而把这些知识转化为浅显的语言和道理，以亲切的口吻讲述出来。

"案例要常见，道理要浅显，语言要直白，这样才能抓住他们的兴趣点，才能做到受欢迎。

"而一个节目是否成功，其实判断的标准就是看它是否受欢迎嘛。"

杜韩森忍不住笑道："王老师，听君一席话，胜读十年书啊，你让我茅塞顿开。"

王老师笑道："客气了啊，节目的形式要接地气，每一期涉及的知识点不必太多，也没必要搞得那么复杂，毕竟只是财经爱好者看你的节目，真正的专业人士不会看的。"

"把节奏把控好，把信息内容做好，再把沟通方式做好，那还愁这个节目不好吗？"

杜韩森闻言，深以为然，重重点头，心中也终于是有了些许把握。

之后的几天，他又请教了王老师诸多问题，甚至包括怎么面对摄像机，等等。反正能想到的都问了，把一切准备都做好了，才联系赵刚，表示自己可以接受。

赵刚兴奋得直接在电话里大叫了起来，表示要请杜韩森吃饭。杜韩森连忙拒绝，他的饭可太贵了，吃不起啊，吃一顿就得出个节目，那谁受得了。

不过既然答应了，那么财经栏目就开始紧锣密鼓地筹备了，从确定名字，到确定栏目的形式，再到每一期的时长，以及播出时间。

不断地去磨合，反复地斟酌，终于慢慢把这些事敲定了。

赵刚拿着台本，低声道："名字定为《帅味财经》，每一期讲一到两个知识点，时长二三十分钟，短一点儿也行。内容就根据民间的财经现象，来制定专业的财经知识点，如何？"

杜韩森想了想，便点头道："什么时候开始录制？我准备准备。"

赵刚笑道："什么时候？今天下午就开始录制，两天之内剪辑结束，然后就要开播了，节目档期都已经空出来为你做好准备了。"

杜韩森顿时头大，一把将台本抢了过来，道："拿来吧你，还掖着藏着，我得赶紧看看，中午就在这里吃了。"

赵刚哈哈大笑道："可以，正好尝一尝我们单位的伙食，保证你满意。"

下午3点，穿着现代式改良中山装的杜韩森，来到了演播厅。

听着导播的指引，按照既定的程序，主持人先是做了开场白，然后讲起了实际案例。

"近年来，随着互联网的普及和发展，随着人们生活水平的提高，大家越来越关注股票市场了。

"许多新股民纷纷涌入，其中不但有刚刚工作的年轻人，还有广大的中老年朋友，他们对股市不够了解，一头扎进去，往往是赔多赚少。

"那么股市到底有什么样的奥妙呢？为什么有的人能赚，有的人却老是赔呢？这其中是不是有可以遵循的规律？

"咱们请经济学者、博士生导师杜韩森老师，帮我们讲解一下关于股票的知识。"

杜韩森对着摄像机，轻轻笑道："观众朋友们好，我是你们的朋友杜韩森。今天我就根据上述案例，来讲一讲股票投资为什么会赔。"

"首先呢，咱们广大股民要清楚一点，就是股市之中往往有一句话，叫作'七赔二平一赚'，意思是指，大多数人其实本身就是在亏钱的。

"为什么亏钱呢？美国著名投资家威廉·江恩，一生有超过40

次赔得血本无归的经历,他在失败中不断吸取教训,最终找到了人们在股市中,最容易犯的三个错误。

"其一,就是追涨杀跌。意思是,看到哪只股票涨了,就买入,看到哪只股票跌了,就赶紧抛售。这样的炒股方式,看起来能够规避风险,而事实上,频繁的交易极大增加了风险,真正有眼光的投资者都是长线投资,交易频率并不高。也只有长线投资,才能赚大赔小,实现盈利。

"其二,没有及时止损。人们大多都是从众的、盲目的,且充满情绪化,买入一只股票,看到这只股票在跌了,或者已经跌得很惨了,却不服输,认为早晚会涨回来,没有及时出手。而这种情况,往往还会继续下跌,不及时止损,只会亏得更多。

"其三,不善于学习。许多人进入股市是没有目标和任务的,他们只是盲目跟随,有的图个乐,有的当作赌,其实这是不对的。作为散户,我们应该尽可能地多学习股票知识,做好止损策略,注重分析,选择优秀的公司进行长线投资。

"凡是做到这三点的,往往就能盈利,做不到这三点的,则容易亏损。

"最后再说一句,股市有风险,投资需谨慎。希望众多股民珍惜自己的钱财,不要轻易出手,金额也要量力而行。"

主持人笑道:"谢谢杜老师全面又专业的分析,相信我们广大股民也对股市有所了解了,将来投资可要千万谨慎哦。"

"今天的节目就到这里了,感谢观看,朋友们,我们下期见。"

杜韩森也笑道:"下期见。"

随着导播喊"咔",摄像机关停。

第三章 传媒节目

杜韩森长长出了一口气,和上一次不同,上一次是如释重负,而这一次,杜韩森觉得酣畅淋漓,无比痛快。

赵刚从外面跑了进来,忍不住大叫道:"哥们儿!无解!太完美了!太好了!"

杜韩森笑道:"夸我还是损我,说清楚。"

"当然是夸你,而且是由衷的。"

赵刚拍手道:"录得非常棒,无论是节奏还是内容,无论是个人形象还是谈吐,都无可挑剔啊!"

演播厅内,摄影师、主持人和其他工作人员也纷纷鼓起掌来。

杜韩森对着众人抱拳,表示感谢。

两天之后,《帅味财经》播出,毫无意外引起巨大反响,效果十分惊人。杜韩森这个名字,也很快被大众熟知。金融圈的各方大佬,也注意到这个大放异彩的年轻人。

杜韩森彻底没了心理压力,一方面准备节目录制,一方面恶补更多的知识,过得充实无比。

为了感谢王老师的帮助,他还专门请王老师吃了一顿饭,两人相谈甚欢。

很快,《帅味财经》一整季的节目录制完毕,杜韩森终于完成了自己的挑战,心中是满满的成就感。

他本以为自己可以好好休息一番,却没想到,赵刚又找上了门。

毫无疑问,估计是又有事情了。

看着这个不速之客,杜韩森咬牙道:"这顿饭,还是你请!"

赵刚显然愣住了,然后两人都忍不住大笑了起来。

窗外大雪纷飞,已是深冬时节。

3

经世济民 孜孜以求

> 穷则独善其身,达则兼善天下。
>
> ——《孟子》

也不知道是第几次在饭桌上谈关于媒体节目的事了,反正只要是对面坐着赵刚,杜韩森就觉得一定没什么好消息,至少又得让自己干活了。

赵刚给他倒了一杯酒,笑道:"哎呀,怎么这副表情呢,我又不是吃人的老虎,别这么怕嘛!"

杜韩森微微眯眼,道:"你不是吃人的老虎,谁是吃人的老虎?"

"急了急了,开始骂人了。"

赵刚边笑边说:"但这一次你错了,我亲爱的杜老师,我今天是给您报喜来咯!"

杜韩森摆手道:"果然,又没好事儿。"

第三章　传媒节目

赵刚道："有个领导想邀请你录节目，想问问你有没有时间。"

杜韩森一边吃，一边说道："什么节目？在哪儿啊？"

赵刚笑道："央视啊，那边的领导抛出了橄榄枝，有一档经济类节目，需要经济学家，想邀请你做特约嘉宾，不是录播，而是直播，他们对其他人不太放心，但是很认可你的能力。"

杜韩森皱起了眉头，沉默了片刻，才道："直播？经济类节目，那说明涉及的内容应该是比较专业一点了。"

赵刚点头道："是的，国内外经济形势，中美贸易摩擦，等等。大才子，这一次你可以真正展露你的水平了，这是个很高的平台，关注度也非常高，对于你来说，是一次极大的助力。"

"我几乎可以想象，电视机前除了对经济形势和国际关系感兴趣的观众之外，还有一大批金融圈内部的大佬和政府要员，你能在这样的节目上做特邀嘉宾，我相信对你以后的路必然有帮助。"

杜韩森喝了一口酒，道："什么时候？我打算去试试，这一次，你倒的确给了我一个好消息。"

赵刚道："下周三吧，下周三早上9点，直接开始。如果你答应，明天他们就会把材料准备好交给你。"

杜韩森点头道："我明白了，可以，没什么问题。"

他这一次答应得很果断，诚如赵刚所说，在这样的平台，参与这样的讨论，对自己也是一种提升，对将来也有助力。

于是，杜韩森的休息时间又没有了，距离录节目只有几天时间，他必须要针对节目组的材料，进行全面的分析和补课，务必使自己的观点更新颖，更准确，也更有说服力。

一连几日的准备，他终于有了充足的信心和把握，到了央视演播厅，预期之内的紧张并未降临，他反而有一种莫名的兴奋感。

即使是直播，即使是面对亿万观众，杜韩森也是侃侃而谈，娓娓道来。

"贸易冲突本身没有赢家，他们从我们这边的进口远大于其对我们的出口，我们是供给方，他们是需求方。

"我们的产品可以不卖给他们，全球有的是地方可以卖，大不了换个市场而已。而他们找不到第三方替代品，又能从哪里买呢？这场闹剧玩下去，影响的是他们的生活和产业。他们终将自食恶果。

"经济全球化和贸易全球化是世界经济发展的必然趋势，这是任何人与任何组织都无法阻挡的。建议对方还是以大局为重，不要胡搅蛮缠，无理取闹，否则不得人心，后悔莫及。"

节目录制完毕，杜韩森捏了捏掌心，微微有些湿润，那是激动的汗水。

摄影机关闭之后，演播厅响起了热烈的掌声。

领导从后台走了上来，微笑着伸出手，道："杜老师，讲得十分精彩，我们听到了一个出色的论点和创造性的总结。"

杜韩森笑道："领导客气了，我也是根据客观事实说了几句。"

领导点了点头，道："走，去我办公室聊一聊。"

来到办公室之后，领导表示，希望杜韩森成为央视长期的特邀嘉宾，常驻录制经济类节目，语言诚恳。

杜韩森也欣然答应，这一次直播，他感觉良好，况且内容量不大，不至于应接不暇，可以接受。

领导又道："年轻人啊，你的《帅味财经》做得很好，那边的领导还想专门开一档栏目，让你继续做下去呢。"

第三章 传媒节目

杜韩森愣了一下，怎么还要开节目啊？他本来想着，一个节目录制完毕就差不多了，毕竟他也不是主要玩媒体的，金融投资才是他的主业啊。

于是，杜韩森斟酌着说道："再开一档栏目？这没什么必要了吧！我觉得我还需要更多的实践，更多地去学习新的知识，这样才能让自己更博学，才有机会开节目嘛。"

领导笑了笑，暂时没有说话，只是翻看着手中的文件，正是杜韩森的履历。

过了一会儿，领导才缓缓道："《孟子》有言，穷则独善其身，达则兼善天下啊。小杜，你多年治学，知识渊博，没有想过让更多的人去领悟吗？"

这句话把杜韩森问住了，这显然是从格局出发在谈事情，而且还是他以前并未想过的事。

领导拍了拍他的肩膀，笑道："知识与财富，取之于民，用之于民，你是才子，放在古代的江湖，那就是一代宗师，是时候将你的才学与经验传授出来了。"

"普通民众受困于生活，总需要解决之法，学习之道。做一档节目，普及一下他们最关心的内容，解答一下他们最关心的问题，何乐而不为呢？"

杜韩森心中震动不已，说实话，这番话让他有一种莫名的感动，他不再犹豫，当即点头道："穷则独善其身，达则兼善天下。领导，我明白了。"

"再开一档节目，没有问题，只是内容方面，我想来选择。"

领导笑了起来，点头道："当然，这档节目你有充分的决策权，只是要尽快开起来啊,我们也不想耽误你太多的时间。"

"嗯,我明白了。"

杜韩森怀着沉甸甸的心情离开。

这一晚,他没有找人吃饭,而是回到自己的家中,坐在阳台上,看着窗外繁华的街道。霓虹灯闪烁着,车水马龙,人来人往,画面时而模糊,时而清晰。

"放在古代江湖,你已经是一代宗师了。"

"穷则独善其身,达则兼善天下。"

"知识与财富,取之于民,用之于民。"

一句句话,在杜韩森的脑海中不断回荡着,引起他无数的沉思,无数的遐想与自省。

是啊,我也该做点事了,不为前途与利益,不为兴趣与娱乐,仅仅是为了传播一些东西,付出一些东西,纯粹的公益。

他开始思索,新节目要讲什么事,要讲述哪些内容。

老百姓最关心什么?衣食住行,日常生活,发家致富。

所以房产是一定要说的,餐饮食品是一定要说的,还有……服装、网购、汽车、理财、投资、保险、诈骗,等等。该说的都说清楚,讲明白!

杜韩森走回了书房,打开电脑,抚摸着键盘。最后他又坐到了一边,拿起了笔和纸。

房产,老百姓最关心什么话题?

他一边沉思,一边动笔写了起来。

"购买房屋,一定要注意的几个问题。"

"新房与二手房,中介与开发商,合同的签订。"

"购买急售房屋，应该仔细观察的细节。"

"购房时，边户和中间户的优劣，应当做怎样的选择。"

"公摊是否合理，购房者如何维护自己的利益。"

"房产证署名，加上子女的名字，是否会影响将来的购房资格。"

"房屋装修的套路和骗局。"

"买房的时机，购房中心营销的套路。"

"利率降低，对房价的影响，对房屋本身价值的影响。"

一系列关于房产的问题，被他详细列了出来，百姓最关心的话题，他要一一解答。

这一夜极为漫长，杜韩森把自己所学所会的知识，都融汇到其中。直到东方既白，天微微亮，他才拖着疲惫的身躯，睡了过去。

几天之后，杜韩森来到北京广播电视台，见到了台长和策划组。

他把这几天自己所做的功课全部都拿了出来。

导演笑道："说吧，详细聊一聊你的看法和计划，我们洗耳恭听。"

"诸位客气了。"

杜韩森微微一笑，轻声道："节目名字为《杜帅开说》，我将以我所学的金融知识和丰富的投资实践，来解答、解决老百姓平时日常生活中的金融问题，揭露市场和生活中存在的骗局。节目的定位为公益性财经类普及节目。"

众人对视一眼，纷纷点头。

杜韩森继续道："节目的主旨，我想了很久，最终定为'说清政策、说破骗局、说懂投资、说好生活'，利用我的投资经验，分析我们当下的热点时事，说透目前当下的经济形势，预测未来的走势。"

"节目的内容，我打算分为三个板块。

"其一为金融投资板块。这个板块我会为观众们介绍金融投资领域的相关内容，包括市场上的各类理财产品，详细介绍货币基金、银行理财、黄金理财、保险、股市和众筹类产品，以及常见的金融诈骗。为公众把好关，解决问题，出谋划策。

"其二为商业市场板块。我会分析当下知名企业的运营模式，尤其是互联网企业，比如拼多多、美团，等等。同时也会分析实体经济和传统行业的发展方向，比如老干妈、黑芝麻糊、王守义十三香等企业，它们为什么可以做到经久不衰。当然，不止于此，还有很多内容，比如目前发展迅猛的新零售业、5G产业、严选经济、文化IP，等等。我希望从产业的角度，让百姓更加了解与他们生活息息相关的经济发展。

"其三为房地产板块。详细讲述房产购买、房屋产权、房屋类型、户型、房贷利率，等等，包括不限于交易过程中的骗局，户型选择的要点，哪些房屋值得入手，哪些又是大坑……这一切的一切，我都希望可以涉及，讲清楚，让观众明白，并有所启发。"

一番话说完，众人都愣住了，现场寂静无比。

然后，便爆发出了热烈的掌声，众人站了起来，态度相当郑重。

杜韩森都有些不好意思了，笑着说道："目前为止就这些了，还需要各位帮忙一起策划，我一个人搞不定的。"

导演笑道："放心，我们会把这些事都安排好，让你没有顾虑。这一档节目，绝对会做出令我们意想不到的成绩。"

众人也纷纷点头，表示同意。

于是，《杜帅开说》这一档节目如火如荼地进行着，杜韩森也是把所有的精力倾注到这一档节目上。

等到真正开始录制那天，他竟然罕见地有些紧张，可以想象这个节目他花了多少心血。

但还好，有惊无险，一路畅通地录了下来。

在千呼万唤的期待中，《杜帅开说》于周六、周日开播，时间定在了早上8点到9点。

果然，一经播出，便引起强烈反响。收视率飙升，各方面数据屡创新高，口碑也非常好，实现了大丰收。

杜韩森心里的那块石头也终于落了下来，心情开阔了许多。

这一战，他没有功利心，反而把事情办得更漂亮，这也给了他莫大的启发。

经此一事，他作为媒体财经人的身份广为传播，知名度大大提升，他的名字广为人知。

杜韩森没有给《杜帅开说》这档节目设定完结的时间，一有机会，他就会普及新的知识，帮助大家解惑。

只是知名度上去了，事情也随之而来。

在之后的时间里，他又接到了北京人民广播电台交通广播《行走天下》的节目邀请，担任特约财经嘉宾，还参与录制了《边走边看》。此外，《成长大会》《职场有高招》《青年说》等节目中，他都有出色的表现。

事情总是忙不完，他又继续与主持人欧阳夏丹、阳光姐姐、小曾、满超、谢猛、孙宇柯，著名演播艺术家王明军、齐克建、阎亮等一起参加了首届BTV"声合杯"时代小先生青少年朗读大会，并担任评委。

杜韩森的媒体之路已经风采满目,却远远未到尽头,他将继续在这条路上走下去,坚持公益,坚持科普,坚持付出,坚持寻找自己的价值。

那一句"穷则独善其身,达则兼善天下",他永远铭记于心。

第四章

金融市场

第四章　金融市场

1

北方海产　危在旦夕

有志者，事竟成，破釜沉舟，百二秦关终属楚。

——胡寄垣

昏昏沉沉的天，隐隐约约的地，朦朦胧胧的海水漆黑沉重，宛如流动的铁水，在狂风中发出沉重的怒吼。

天还未亮，光明还在黑暗中蕴蓄。

随着大地的转动，远在亿万公里之外的火球虽然没有露出真容，但它伟大的光焰已经渐渐照亮了四周。

东方翻起了鱼肚白，后又渐渐变红，像是有火在东方燃起，将云层灼烧，焚毁半面天空。又像是天公作画，泼出醒目的颜料，彻底映红了世界。

于是，光芒终于从大海的尽头照射而来，太阳仅仅探出了半个脑袋，便将海水烧得沸腾。波光粼粼之中，火焰翻涌，狂风席卷而过,水与火不断交融。

海上的日出,总是这般壮美。

杜韩森看得心潮澎湃,忍不住拿出相机,把这绝美的一幕记录下来。

太阳慢慢爬上了天空,整个大地都被照得透亮,欣赏日出的人这才慢慢离去。

电话声也随之响起。

"杜老师,您最近有空吗?这边需要您帮帮忙,我们快撑不住了。"

电话那头的声音看似沉稳,实则带着些许的焦急,一听就承载着不少压力。

最近有空吗?其实杜韩森最近真不太忙,现代商学院的课刚刚结束,他正好来海边度假呢。而打电话这位,就是他在现代商学院认识的学生,两人关系不错,所以时常联系。

"董鸣,出什么事了吗?还非得让我过去一趟。"

杜韩森心情很好,也不知道事情的缘由,所以语气比较轻松。

董鸣是个中年男人,身材高大,做事情很有冲劲,也很有胆量,杜韩森一直很欣赏他身上的这些优点。

"公司遇到了一些状况,处理起来很棘手,杜老师您知道的,不到万不得已,我不会打电话来叨扰你。"

听闻此话,杜韩森皱起了眉头,语气也变得郑重了起来,沉声道:"到底出了什么事,你直接说,我看看能不能办。"

董鸣焦急的声音传来:"杜老师,您来我们公司吧,电话里三两句话说不清楚啊,这事儿也只有您能帮我了,我真是走投无路了。"

第四章 金融市场

说到最后，他的声音都带着沙哑，这让杜韩森有些惊讶。

于是杜韩森立刻道："好，我马上购票，差不多晚上到。"

"好好好！杜老师谢谢您！我来机场接你！"

董鸣匆匆挂掉了电话，看样子是去忙了。

杜韩森快步回到酒店，订好机票之后，把信息发了过去，陷入沉思。

董鸣算是比较成功的企业家了，他这个人看准机会就一定抓得住，做事情雷厉风行，一向很有效率，但并非没有缺点，比如不够谨慎，比如过于冒险。

在商业的战场上，敢于冒险是一把锋利的双刃剑，可以所向披靡，抢占先机，也容易伤到自己，难以自拔。

按照他好强坚韧的个性，他的北方海产集团，这次恐怕已经到了危在旦夕的时刻了，唉，希望不要太难办啊！

杜韩森也不是神仙，什么事都能办好，一切必须在金融手段可操控的空间之内才行，否则什么都免谈。

怀着沉重的心情，他飞到了北方某沿海城市，下了飞机之后，就看到巨大的招牌，然后连忙走了过去。

跟着接待的人走出机场，杜韩森就看到了站在车前的董鸣，和去年在学院里见到的不一样，那时候的他意气风发，浑身充满了活力，而此刻他满脸憔悴，顶着两个黑眼圈，竟然连头发都白了不少。

杜韩森连忙走了过去，皱眉道："董鸣，你这个状态怕是有问题啊，生意不好做是正常的，不能连身体都不顾吧！"

董鸣伸出手来和杜韩森一握，叹息道："杜老师啊，说来话长，不过您来了，我放心多了。"

上了车之后，董鸣才道："我也知道我最近状态不好，但完全没有办法啊，晚上睡不着觉，白天没有精神，整个生活作息都紊乱了。焦虑啊，不安啊，什么情绪都压在心头，也没个人可以分忧。"

"作为男人，我总不能把这些困境带给家里人吧，他们毕竟也不懂这个。"

杜韩森缓缓点头，道："是，你说得对，但我还是那句话，身体为重，身体是做一切事情的基础嘛。"

"另外你公司不是做得挺好的吗？我记得你是做海鲜批发的，整个北方你也算是屈指可数的大集团了，在团队稳定、供应链稳定和市场稳定的情况下，你的北方海产集团能出什么天大的问题？"

董鸣无奈一笑，道："杜老师，现在北方海产集团，已经不做海鲜供应了，我把运输链全都卖出去了，换取了大笔的资金。"

杜韩森身体一震，骇然看向董鸣，瞪眼良久，才道："是，这事儿你是干得出来，其他人不行。"

按照常理来说，任何一个企业都不会放弃自己的优势业务，更何况这个业务如此稳定的盈利。就算要开展其他项目，也不会动自己本公司的基本盘，而是会想办法去贷款或融资，重新组建团队。

董鸣是个勇士，他倒好，把原来的锅砸了，用来卖铁换钱，搞新的事去了。

杜韩森忍不住道："所以，到底干什么去了？你直接说吧，别卖关子了，我倒想知道，到底是什么事这么吸引你，让你破釜沉舟，背水一战。"

董鸣勉强一笑，道："先吃饭吧，吃饭的时候说。"

杜韩森无奈，也只能让他继续卖关子，耐心地到了公司，上了饭桌。

一桌子好酒好菜，正好也饿了，直接开吃。

直到酒足饭饱，杜韩森摸了摸肚子，才道："现在可以说了吧？"

董鸣道："杜老师，这里的海参怎么样？比起北方来说，如何？"

杜韩森微微一愣，随即点头道："好吃，个头大，膘体肥，一看就是好品种，接个风都这么隆重，倒是把我整得不好意思了。"

董鸣却是黯然一叹，道："这海参是我们养殖的，试点养殖，总共也就出了几千个吧。"

这句话像是一道光，直接照进了杜韩森的内心。他忍不住惊声道："你的新项目是海参养殖？"

"是。"

董鸣沉声道："去年商学院毕业之后，我和一群同学去国外游玩，也想看看有没有什么新项目。"

"我们去了日本的北海道，尝了尝那里的雪花牛肉，品质的确很好，但……最让我意外的却不是知名天下的雪花牛肉，而是那里的海参。就像这个一样，个头大，膘体肥，脂肪多，营养价值极高。"

"而在我们国内……"

话还没说完，就被杜韩森打断："在我们国内，从 20 世纪开始，就已经有海参养殖基地，21 世纪初，海参养殖初具规模，在 2010 年的时候，海参养殖已经成为全国热门产业。"

"你去年开始才醒悟这一点，然后做这个？"

董鸣连忙道："不！市场完全没有饱和！甚至远远没有开发完整！"

"杜老师，您走过全国那么多地方，有几个地方有吃海参的习惯?"

杜韩森愣了一下,倒是暗暗点头,的确,全国吃海参的省份也就沿海而已,内地的省份只是偶尔尝鲜,市场根本还未开发。

董鸣沉声道:"大家都说我做事情容易冲动,其实不然,我是看准了的事,才会尽力去做。"

"从古至今,我们都把海参当作顶级食材,清代的时候,还有专门赞美海参营养价值的诗!

"预使井汤洗,迟才入鼎铛。禁犹宽北海,馔可佐南烹。莫辨虫鱼族,休疑草木名。但将滋味补,勿药养余生。

"《本草纲目》也记载其药性甘温无毒,具有补肾阴,生脉血,治溃疡等功效,乾隆更是对其喜爱无比。

"我们民族是有吃海参的基因和文化的,然而我们的市场却连10%都没开发到。"

他越说越激动,声音都不禁大了起来,道:"杜老师,我们有14亿人口啊!这是多么庞大的市场啊!我要是能把海参这块招牌打响,那就是源源不断的财富,也是造福百姓的伟大事业。"

"你说,这样的事,我董鸣能不去做吗?"

杜韩森缓缓点头,道:"好,你这个决定没错,你继续说吧。"

董鸣又喝了一口酒,才咬牙道:"我在北海道进行了长期的考察,后来又专门前往俄罗斯调研,因为俄罗斯的萨哈林岛,也就是库页岛,是世界上最好的海参产地之一。"

"那边的气温低,海水温度低,藻类和微生物不多,海参生长周期长,再加上水质好,所以海参营养价值极高,是最好的海参品种之一。

第四章　金融市场

"我找到了商机,在我们国家,真的不缺类似的海域,不缺这种高质量的海参温床!

"有了先天条件帮助,我自然要开始搞,我的目标就是让中国海参行业真正崛起,把价格打下来,把产量和质量提上去!让海参成为鱼一样的家常食材。"

杜韩森道:"所以你开始干了。"

董鸣道:"不但要干,而且要干大事,不能小家子气。"

"正好我们有一块地,是十多年前竞拍的工业用地,年限为50年,距离城市很近,交通极为便利,甚至四周都有民居。

"说动就动,我直接回国启动了项目,开始整合资源,组建团队,筹备资金。

"我以工业用地为抵押,找银行贷了15个亿,但钱还远远不够。我开始寻找合伙人,可是没有一个人看好这个行业,都说山东、辽宁已经做得很好了,这个没机会了。

"我找不到钱,别无他法,干脆一鼓作气把北方海产的供应链卖了出去,又搞了10亿,项目才终于展开。"

杜韩森都听懵了,骇然看着董鸣,喃喃道:"你真是个疯子啊,盘铺得这么开,直接25个亿往里面砸,万一真的搞砸了,你拿什么去还啊!"

董鸣或许是酒劲儿上头了,咬牙道:"做大事就必须要这样!有志者,事竟成,破釜沉舟,百二秦关终属楚!只有破釜沉舟,背水一战,才能做成这件事。"

"我从一开始就知道很难,所以一直抱着非凡的勇气和坚定的决心。"

看到他带着醉意的坚定面孔，杜韩森的确受到了感染，忍不住赞叹道："好！我就佩服你这一点！然后呢？"

董鸣道："然后一年过去了，钱花完了。"

杜韩森差点没吓得站起来。

他也连忙喝了口酒，给自己壮了壮胆，才失声道："你敢不敢再说一遍？"

董鸣低下了头，苦笑道："25个亿，全部花完了。"

杜韩森大声道："怎么花的？你把钱扔海里了吗？"

董鸣喃喃道："因为一开始就想着要做全国最好，市场也面向全国，所以盘子铺得特别大。"

"围海造田，建设基地，超过10万亩的庞大生产线，一次性全部搞定，这就花了10多个亿。"

10万亩，这个疯子。

杜韩森瞪眼道："你搞那么多地来干啥？"

董鸣道："需要那么多啊！没有办法！海参养殖基地就是10万亩，海参精养池2000亩，还有海藻良种繁育基地2万平方米，海参良种繁育基地3.5万平方米，贝类综合育苗基地2.1万平方米，海参室内保苗基地3万平方米，低温仓储库8万平方米，标准仓储库6万平方米，国际标准加工车间10万平方米。"

"这些全是钱啊，每一项都烧钱！"

杜韩森连忙道："那其他钱呢？总共25个亿呢，还有起码10个亿吧！"

董鸣苦笑道："买东西啊，海藻品种，海参良种，贝类良种，各种育苗，低温仓库储存技术，国家标准加工车间，还有3个专家团队，以及上千名员工。"

"比如海洋红酵母、单胞藻、光合细菌。比如开口饵料、稚参饵料、幼参饵料、鼠尾藻粉、马尾藻粉、海浮泥。这些都要花钱去买。"

杜韩森直接摆手道："扯淡！你把这些算两倍都花不了那么多钱，唬我呢！"

董鸣点了点头，道："这些的确花不了 10 个亿，但关键是水啊！"

"海参养殖的水质要求极高，国家也有硬性标准，氨氮、亚硝酸盐、硫化氢、酸碱值、化学需氧量、重金属离子等指标均应控制在国标以内。这些东西太费钱了。"

杜韩森傻眼了，看来董鸣在这方面是做足了功课啊，这些专业知识直接出口成章，侃侃而谈，丝毫不带卡壳的，他是真把这事干专业了啊。

于是杜韩森忍不住问道："你老实交代，现在还剩几个亿？起码还有三四个亿吧？"

董鸣摇头道："还有 8000 万左右。"

"8000 万？"

杜韩森顿时头大，忍不住道："你还剩 8000 万了，才想办法？我要是你，我还剩 5 个亿就已经急疯了！8000 万才多少啊！够你员工一年工资吗！"

董鸣苦笑道："不够，差不多 10 个月工资吧……或许还撑不到 10 个月。"

杜韩森道："而且你养殖基地日常维护不需要钱吗？"

董鸣道:"当然需要啊,一年起码需要2个亿!"

杜韩森深深吸了口气,道:"怪不得你被逼成这副鬼样子,这事搁其他人身上,差不多都可以跳楼了。"

他看向董鸣,语气有些沉重,说道:"多久可以实现第一批出产盈利?别告诉我需要七八年!"

"三年!"

董鸣连忙道:"只需要三年,我们这边的周期没有那么长,第一批海参只需要三年就可以出产,等之后持续购置育苗,或者培育自己的育苗和品类,就可以实现年产。"

杜韩森都被整急了,摊手道:"老大,大哥,你长点心吧,别想以后了,这三年你怎么熬?每年2个亿的维护费用,这就是6个亿!"

"员工工资呢?按照一年1个亿,这也还需要3个亿!总共就是9个亿!

"万一基地出点状况呢?遇到极端情况,造成了损失呢?是不是还得准备至少2个亿的备用资金?

"意思是,你要熬过这三年,起码需要11个亿!"

董鸣喃喃道:"所以这不是请杜老师过来帮忙了吗。"

杜韩森抱拳道:"你也别请我了,这事儿吧,你得请天上的神仙,也只有他们能帮你,我拿什么帮你?你把我卖了看值11个亿吗!"

董鸣连忙道:"三年之后,第一批海参的价值预估就有20个亿!"

杜韩森点头道:"好啊,那我来帮你算个账。"

第四章　金融市场

"你现在已经投入 25 个亿了，还需要投入 11 个亿，总共 36 个亿。

"你三年才 20 亿，其中还得划出一部分来培育新一批的海参，起码得 5 亿吧？相当于你三年总盈利也就 15 亿。

"36 亿的成本啊，一年的利息得多少？你得多少年才能回本？"

董鸣叹了口气，道："之前财务团队专门算过这笔账，三年出产第一批海参，价值 20 个亿，之后每年出产 10 个亿，除去维护成本、工资和新育苗的培养，差不多每年盈利 6 个亿。"

"所以最终得出结论，36 亿连本带息，我们需要九年才能收回成本。

"但是，我们第四年之后就可以自行培育海参，这里每年可以省 1.5 个亿，意思是，我们最多八年，就能回本！

"之后就轻松了，每年至少可以实现纯盈利 7.5 个亿，市场开发出来之后，还可以更多。"

杜韩森苦笑道："是这么算的没错，但谁陪你玩啊，八年！八年啊！按照现在的时代变化，八年可以发生多少事啊？谁会拿 11 个亿出来陪你玩八年？这笔钱放其他项目上不是更合适吗？"

"况且你这些都是理想状态下的发展，万一遇到意外，钱直接打水漂了。

"董鸣啊，这一次你的北方海产，恐怕真的没救了，银行那边早就贷不出来吧？投资人合伙人也根本找不到是吧？你应该是彻底走投无路了。"

董鸣深深叹了口气，道："是，我彻底走投无路了，所以只能请杜老师帮我了。杜老师，您认识那么多人，您一定有办法帮我招来投资的对不对？"

杜韩森道："你说呢？大家都是做生意的，难道还会看不清你这边是个天坑？做慈善都没这个做法啊！"

董鸣攥紧了拳头，咬牙道："杜老师，在这里待一段时间，想想办法吧，我不想放弃啊。"

杜韩森冷笑道："你怎么知道我要说这个？不错，我就是要劝你放弃。"

"以最短的时间，把你的基地各种值钱的资产，卖给山东和辽宁的海参集团，按照你的投入来说，折现几个亿还是没问题的。

"然后，把你的地拍卖出去，应该勉强够还银行贷款。

"虽然你一无所有了，但你的脑子还在，学识还在，你还有东山再起的机会。

"要是再继续往下陷，董鸣，那时候就真的救不了了。"

董鸣沉默了。

他端起分酒器，把里面的酒全部喝了，然后猛地咳嗽了起来。

过了十多秒，他才咬牙道："要半途而废吗？我不想！都说有志者，事竟成，苦心人，天不负，我不信我熬不过来。"

"杜老师，帮我想想办法吧，至少你在这里多待几天，实在没有办法再说。"

杜韩森能说什么呢。

他只能点头答应，只是对此不抱什么希望罢了。

2

深陷泥沼　不可自拔

不积跬步，无以至千里；不积小流，无以成江海。
　　　　——《荀子》

北方的冬天尤为寒冷，更何况是在下雪呢。

辽阔的海面白茫茫一片，狂风呜咽宛如空气在哭泣，大浪席卷至岸边，已变成了柔和的潮涌。

或许是靠海的缘故，雪并不太大，落在地上，顷刻间就融化了，湿漉漉一片让人愈发寒冷，心情都不禁低落了几分。

但董鸣的心情却似乎好了很多，他看着海边错落有致的厂房，兴奋地为杜韩森介绍着这里的一切。这个憔悴的中年人，在此刻像是找回了自己的灵魂，爆发出了强大的活力，眼睛里都似乎闪着亮光。

"这就是我们的养殖基地，看看这壮观的景象吧。三年之后，这里的海参将被运往全国各地。

"杜老师,你看看我们这低温储存库,还有这标准储存库,是多么伟大的工程,人类的壮举在此刻显露无遗。

"这一年我在做什么?就是在建设它们啊,这些个大东西,可是烧尽了我的钱财,费尽了我的心血。

"每当我心情沮丧的时候,我都会到这里来看一看,只要看到它们,我就会好很多,我的内心依旧会爆发出炙热的能量。"

杜韩森按着额头苦笑,就董鸣这副模样,的确是能量满满,简直无法和昨天那个接机的人联系起来。

这个基地非常大,整整一上午都还没逛完,杜韩森也不得不感叹这里的宏伟壮阔,若是真的将这里盘活了,那的确是一项伟大的工程。

看着眼前的一幕,杜韩森都有些热血沸腾,直到此刻,他才有些理解董鸣。作为这个宏伟工程的缔造者,他的使命感和勇气,的确让人敬佩不已。

只是这个11亿的天大缺口,到底怎么堵呢?

"杜老师,杜老师?吃东西啊,走了一上午了不饿吗?"

董鸣的声音突然传来,打破了杜韩森的思考。

杜韩森笑了笑,看向桌上其他人,目光最终定格在一个中年人的脸上。

他是这里的工人代表,杜韩森忍不住问道:"老于啊,你觉得这个项目怎么样啊?"

老于显然是愣了一下,连忙擦了擦嘴,笑道:"领导好,这个项目怎么样,咱也不知道,咱也不敢问啊,不过至少对于我们来说是好事啊!"

"噢?"

杜韩森亲切问道:"跟我说一说,对于你们来说,怎么是好事了?"

老于挠了挠头,道:"很简单啊,咱们就是本地人,总得干活儿吧?这里一开工,咱们就有活儿干,而且领导也好,不克扣拖延工资,每个月到点儿准时发钱,这工作谁不稀罕呐?"

"而且人家董总说了,等咱们这海参养出来了,咱们春生市可就是海参大市,会全国闻名呐。到时候咱们老百姓也可以来这里批量购买海参,靠自己的本事去销售,那不就赚钱了。

"要我说啊,这就是于国于民的好事,可以带动咱们春生市就业,带动咱们一起靠着海参致富,多好啊!对了,领导,我就叫于国民,瞧这名字取的,哈哈哈哈!"

杜韩森也忍不住笑了起来,道:"您说得对,这是于国于民的好事……"

说到这里,他开始埋下头吃东西,心头却是有点震动。

他没有想到董鸣竟然已经想到了这一层,利用海参打造城市名片,提高城市知名度,并让这里的老百姓参与其中,最终实现共同富裕。

如果董鸣真能把海参做到这种程度,那么把这个项目称之为伟大,也完全不过分了。

而自己能够参与到这种项目中,可以说是与有荣焉。即使这个项目如此艰苦,如此波折,如此难以实现。

在这个世界上,哪件大事是那么容易实现的呢?都要经过数不清的磨难与坎坷啊！

司马迁有言："盖文王拘而演《周易》；仲尼厄而作《春秋》；屈原放逐，乃赋《离骚》；左丘失明，厥有《国语》；孙子膑脚，《兵法》修列；不韦迁蜀，世传《吕览》；韩非囚秦，《说难》《孤愤》；《诗》三百篇，大抵圣贤发愤之所为作也。"

正因磨砺，方有不朽，正因困苦，方显伟大。

虽然前期的磨砺是如此艰辛，如此漫长，但终究会从量变到质变。正如《荀子》所言："不积跬步，无以至千里；不积小流，无以成江海。骐骥一跃，不能十步；驽马十驾，功在不舍。锲而舍之，朽木不折；锲而不舍，金石可镂。"

终究是要坚持下去，才能看到真正的美景，只是这并不适用于大多数人，只有极少数人才能做得到这一点。

关于这一点，古人所言颇多，杜韩森印象最深刻的是王安石于《游褒禅山记》中那句话："古人之观于天地、山川、草木、虫鱼、鸟兽，往往有得，以其求思之深而无不在也。夫夷以近，则游者众；险以远，则至者少。而世之奇伟瑰怪非常之观，常在于险远，而人之所罕至焉。"

想到这里，杜韩森心中也涌起一股莫名的亢奋。

他直接站了起来，大步朝外走去。

董鸣吓了一跳，连忙追出去，疑惑道："怎么了杜老师？出什么事儿了？"

杜韩森看向他，脸色严肃，沉声道："要想你这个项目继续下去，没有别的办法，只有找钱。11个亿，一定要找够，否则绝对没有机会。"

第四章 金融市场

董鸣身体一震,差点没哭出声,抓着杜韩森的手就哽咽道:"杜老师啊,您可算要出手了,我就等着您这句话啊!我知道,任何人看到这里,都不会无动于衷的。"

杜韩森道:"先别放屁,净说这些没用的,谈正事!"

董鸣连忙道:"吃饭吃饭!吃完了再谈!"

杜韩森摆手道:"你吃得下去吗?反正我吃不下去,这事儿太大了,必须要立刻办,你的8000万根本撑不了太久,虽然看似好像还能撑10个月,但维护费呢?去哪里找?还有,万一出什么事,在短时间内急需要钱去处理,你怎么办?眼睁睁看着这里黄了吗?"

董鸣急道:"当然不行!"

杜韩森道:"所以我们要快,既然要做事,就必须要谨慎,要周全,不能让任何意外压倒我们!"

"现在你告诉我,银行那边怎么说?"

董鸣苦笑道:"不给贷款啊,我们北方海产已经成了空壳子了,连这块地都给抵押出去了,那边是一分钱都不给我们了。"

杜韩森道:"哪个银行?我的意思是,这里的银行你全部都跑了?全国那么多银行,大的小的,热门的冷门的,你全部都问了?"

董鸣愣住了,然后喃喃道:"问了十多个银行,都不给贷款。"

杜韩森摆手道:"十几个?远远不够!全国银行好几千个,你就问十几个怎么够!"

董鸣道:"大银行那么有钱都不给我们贷款,小银行怎么会给我们贷啊!"

杜韩森沉声道:"这你就不懂了,大银行有的是客户,不缺你这一个,而且他们的规矩死板,程序复杂,资格卡得非常严苛,贷款很是艰难。小银行虽然钱少，但客户也少，他们需要你这样的大客户，或许会为你开辟特殊通道也说不定！"

董鸣眼睛一亮，连忙道："那……那我立刻去准备！"

杜韩森道："挨个跑，挨个联系，多派出一些人，在一个月之内，把这些银行都给我'扫荡'一遍，至少要保证咨询100个银行以上，同类型的银行自己筛选，也可发布公告。"

董鸣连忙道："好！这事儿我等会儿就安排，立刻去办。"

杜韩森想了想，又道："政府相关部门咨询过没有？你这可是新兴产业，又是实业，还有助于地区发展，没有想过去找政府帮忙吗？他们多少也应该支持一下吧！"

董鸣叹了口气，摇头道："该找的都找了，工商局、财政局，甚至是市政府，他们也没有办法。我嘴皮子都磨破了，也只是争取到了一千万，这就是杯水车薪啊。"

杜韩森道："当然，市级部门不可能拿出那么多的钱来支持你，而且你这个东西也没准，期限也太长。但你找过省里的吗？这么大型的实体企业，对地区发展又这么重要，他们应该会有关注才对，也应该支持才对。"

董鸣眼睛在发亮，颤声道："我……我还真没跑过省里，毕竟那太大了，我们触及不到啊。"

杜韩森道："这样，在这段时间里，你以最快的速度'扫荡'银行。省里，我帮你跑！"

他沉吟着，最终咬牙道："我在党校任教的时候，有几个学生就是你们这边省上的同志，我打算去咨询一下他们的意见和看法，看看能不能在政策上对北方海产有所帮助。"

第四章 金融市场

董鸣紧紧握着杜韩森的手,眼眶发红,哽咽道:"杜老师,谢谢您,无论是否成功,都谢谢您。"

杜韩森笑道:"别矫情,你不是说了吗,有志者事竟成,破釜沉舟,百二秦关终属楚。在我看来,遇到困难是正常的,不要放弃,要不断前进。不积跬步,无以至千里;不积小流,无以成江海。"

"事在人为,管不了那么多了,干!"

这一番话,也算是为两人打气。

于是不再犹豫,董鸣负责银行,杜韩森负责去拜访省里的领导,两人分头行动。

且不说董鸣那边,杜韩森赶到省城,已经是晚上了。

等到第二天上午,他才打电话给曾经的学生,约好了见面的时间地点。

"杜老师您是什么时候到的,也不提前给我说一声,我好尽一尽地主之谊啊!"

学生姓钱,单名一个骏字,戴着无框眼镜,虽然上了年龄了,但身上还是有一点书卷气。

杜韩森笑道:"我也是昨晚才到,今天这不就来找你了,咱们也好久没见了吧?一直说来你这儿看看,直到如今才有时间。"

钱骏点头道:"三年多了,这翻了年就是四年了,杜老师还是一点变化都没有,我却是老了不少啊。"

杜韩森道:"你是为人民服务嘛,过于操劳,之后还是要注意身体。这一次我来找你呢,是有点正事儿想咨询你。"

钱骏道:"杜老师您直说,只要不违反纪律,我保证尽力去办。"

杜韩森忍不住笑道:"言重了,扯不上什么纪律不纪律的,北方海产集团你知道吧？最近在春生市养海参，规模相当大。"

"这个知道，北方海产集团很有名，我们还经常说起这家公司呢。"

钱骏疑惑道："他们怎么了？莫非是触犯了什么法律？非法集资？"

杜韩森摇头道："要是真有非法集资，我还用得着找你啊。北方海产集团的董事长，是我在现代商学院的学生，他最近遇到困难了，找我帮帮忙。"

"我当然没有轻易答应，去那里考察了几天，发现那边的规模确实大，海参养殖也很专业，这个东西对于城市的发展有很大助力，所以答应帮他跑一趟，咨询一下省里的意见。"

钱骏道："我们肯定是支持的呀。这样的实体产业，又具备民生意义，规模又这么大，我们求之不得。"

说到这里，他微微顿了顿，皱眉道："该不会是，资金链出了问题吧？"

杜韩森点头道："暂时没有出问题，但撑不住太久了，投资拉不到，合伙人找不到，银行也借不到钱了，这么庞大的工程，眼看就要付之东流了，可惜啊。"

"所以我今天找你，是想让你引荐一下领导，我问一问他们关于北方海产的看法，找机会看能不能争取到扶持基金。"

钱骏思考了片刻，才郑重说道："引荐当然可以，这也不是什么大事，领导肯定也愿意倾听下方企业的诉求和意见，只是扶持基金或者专项贷款，机会不大啊。"

"最近省里也是财政吃紧，扶持基金和专项贷款的名额已经分配

第四章　金融市场

了，钱也拨出去了，想要再掏一部分出来，非常难。而且我估计，连您都出马了，则说明北方海产那边，窟窿不小吧？"

杜韩森苦笑道："足足11个亿，而且还是保守的算法。"

钱骏倒吸了一口凉气，忍不住道："这是一笔天文数字，我完全不敢有什么见解啊，还是等之后你见了领导，跟他们谈吧。作为学生，我尽量帮北方海产说几句公道话，但效果微乎其微。"

杜韩森点了点头，道："这事儿办起来的确很困难，但终究要试一试，你下午帮我问一问，看领导什么时候有时间。"

"好，没问题。"

钱骏笑道："估计这几天领导就有时间，到时候我通知您。"

好在事情没有遇到特别大的波折，杜韩森仅仅等了两天，就见到了省政府的领导。

干净整洁的办公室，挂着一面红旗，清香的茶已然泡好，杜韩森坐在椅子上，安静等待着。

片刻之后，一个穿着中山装的老人走了进来，年龄大约在60岁左右，很有精神，气场也非常强。

"小杜啊，哪一股风把你吹来了啊！"

领导十分亲切，说话也幽默风趣，他摆手道："你坐你的，不用那么客套，我又不是第一天认识你。"

杜韩森笑道："领导记性果然好，我们在党校的时候，有过一面之缘。"

领导点头道："那时候你给我留下了很深的印象，年少有为，在讲台上侃侃而谈，风采照人啊！"

他看着杜韩森，笑道："今天专门来找我，是谈北方海产集团的事？"

杜韩森道："瞒不过领导的眼睛。"

领导叹了口气，道："你以为就他董鸣糟心吗？我也为他糟心啊。做事情，讲究提前规划，步步为营，由小到大，由点及面，从第一根嫩芽破土，到大地如茵，总是有个过程的。"

"这是经济发展的规律，也是万事万物的规律，哪怕是天黑天明，都有缓冲的时间。

"而董鸣呢，一腔热情扎进去，这是好事，但想要一口气吃成个大胖子，这显然就要消化不良嘛，一个不慎，那就要噎死人。

"他太急躁了，才导致如今艰难的局面。"

杜韩森点头道："领导说得对，这方面他是没做好，所以就是想知道，现在还有没有补救的办法。"

领导道："要是有现成的补救办法，我还用得着为他糟心吗？政府专项资金，国家扶持基金，都是数量有限，名额有限，经过严格筛选，然后准时准额发放的。不是说他想要，他值得给，我们就得给。"

"这些年我们一直在提倡，政府办公要讲究效率，要摒弃没有意义的烦琐程序，但在某些事情上，程序是安全的保障，是公平的护盾。

"就拿专项资金来说，盯着这笔钱的企业不知多少，我们不可能轻易就拿出去给一个企业，好钢要用在刀刃上啊，钱要给到关键的地方啊，本质上是在谋发展啊！

"所以设置了上报筛选的程序，每年定额定数发放至通过筛选的企业，这个筛选是公平公正公开的，也是放在全局的。

"现在北方海产显然是拿不到这笔钱，按照流程来走，他们需要上报，需要提交材料，需要审核，然后得到明年的名额。也就是说，专项资金明年才能支援给他。

"但现在看来，北方海产根本等不到明年，它那边到处都漏风，全靠一个骨架子撑着，一旦哪根梁突然断了，那房子就得塌。"

杜韩森有些失望，但这又是意料之中的事，政府给出的答案无法不让人信服。

于是杜韩森道："既然如此，北方海产恐怕熬不过去了，难啊。"

领导微微一笑，道："小杜啊，我记得你是经济学博士生导师？你在金融方面是很有建树的，我一直欣赏你的才华。什么时候有空，你也来我们这边，给我们讲一讲知识。"

杜韩森笑道："可以的，没有问题，将来有机会，我一定过来为大家服务。"

领导笑道："吃午饭了吗？这到饭点了。"

杜韩森连忙道："不麻烦领导了，我自己随便去吃点就行，哈哈！"

领导点头道："咱们这边的特色菜你要多尝尝，尤其是海鱼，味道非常鲜美，那个店叫什么来着？膳食渔坊吧，味道不错，你可以去试试。"

"好的，领导。"

杜韩森站了起来，与之握手言别。

走出政府大楼，他长长叹了口气，这条路走不通，那就真的很难了。

这时，电话也随之响起。

董鸣黯淡的声音充满了疲倦："杜老师，我们的团队 30 个人，两天接触了大约 100 家银行，腿都跑断了，但是……"

"都被拒绝了，而且是没有任何犹豫地拒绝。"

杜韩森道："原因都有哪些？"

董鸣咬牙道："不外乎两点，第一是我们没有抵押物，第二是项目风险太大，不可控。"

说到这里，他像是想要抓住最后一根救命稻草，低声问道："杜老师，省里的领导怎么说？可以吗？"

杜韩森淡淡道："没机会，就算是有，也是明年了，你根本撑不住。"

听到这句话，董鸣像是被抽空了力气，发出一声叹息。

他喃喃道："看来，我们坚持不下去了。"

电话被挂断了，杜韩森也是一脸无奈，没办法，尽力了。

领导说得没错，这个项目步子迈得太大了，太过于着急了。现在的北方海产集团，深陷泥沼，已经不可自拔了。

还有什么办法能救它呢？

第四章　金融市场

3

独辟蹊径　剑走偏锋

苦心人，天不负，卧薪尝胆，三千越甲可吞吴。

——胡寄垣

一桌地道的美食，一瓶价格实惠却味道极佳的美酒，一个知心好友，这些并不能让杜韩森的心情变好，北方海产面临的难题近乎无解，随着政府这边的希望落空，一切再也没有了回旋的余地。

除非有哪个银行的领导脑子傻了，冒着巨大的风险，也要贷给北方海产集团11亿，这种可能往往只在梦里出现。

"行了，别愁眉苦脸的了。"

钱骏给杜韩森夹了一块肉，道："事情再让人发愁，总不能连饭都不吃吧？你杜韩森也是经历过风雨的人，怎么看起来这么萎靡。"

杜韩森无奈一笑，道："我只是觉得北方海产集团可惜了，这是个有担当的公司，不单单只追求企业本身的利益，既考虑了民生，也考虑了社会的发展。"

"只可惜啊，董鸣的步子迈得大了点，如果在事情之初他就找我商量，我绝不会让他这么莽撞。"

钱骏道："没有办法，世界上的事总是无法让所有人都满意，古人云，治大国如烹小鲜，国如此，企业也如此，操之过急，火候过大，就要糊锅。"

"我这可不是在说风凉话，坦率地说，对于北方海产集团，我是敬佩且同情的。作为土生土长的春生人，我当然希望海参产业能够成功，能够带动当地的经济和就业，但此事古难全啊！"

他看向杜韩森，眯眼道："有没有可能吸引外资？如果这样能解决问题，那倒不妨一试。"

杜韩森摇头道："这比问政府要钱更艰难，外资往往不会入驻内地的食品业和养殖业，他们更青睐于互联网和高新产业。更何况以他们的效率来说，等11个亿批下来，北方海产都死了好几回了。"

钱骏道："那就真没办法了，我只能这几天帮你打听打听，看还有没有尚未动用的专项资金，但你也别抱太大希望，这只是垂死挣扎而已。"

杜韩森伸了个懒腰，心情依旧沮丧，他缓缓道："只能这样了，董鸣还在满天下找银行，估计还有几天才会结束，我便在这里待几天吧。"

钱骏点了点头，道："这几天在这里转一转，欣赏一下我们这边的景色，也可以尝尝特色的鱼。哎，有个地方叫膳食渔坊，你可以去尝尝。"

杜韩森忍不住笑道："得嘞，我明天就去，看来那地方真是味道好，领导今天也专门推荐我去吃。"

钱骏却是愣住了。

他深深看了杜韩森一眼，疑惑道："领导的性格我清楚，他往往不会说起这些事啊。算了，或许他对你是要亲近很多。"

杜韩森没有说话，而是仔细品味着这些话，陷入了沉思。

饭没怎么吃饱，主要是没有胃口，回到酒店的杜韩森，在手机上搜索着膳食渔坊的信息，仔仔细细看来看去，也没有发现什么特殊的地方。

难道是我自己想多了？那地方仅仅是一个特色菜做得很好的餐厅而已？

无论如何，明天中午去吃！

睡觉之前，他收到了董鸣发来的信息："杜老师，银行全部落空了，它们甚至联合起来通知我，让我不必去找了，我们贷不到款了。"

"但我不会放弃的，我相信苦心人天不负，我相信一定会有希望。

"明天一早的飞机，我去香港，然后明晚去台湾。我要试试那边的银行，也要争取一下从那边拉投资。我知道有几个爱国商人很想找合适的项目投资，我要想方设法去见见他们。

"等我的好消息，杜老师！"

看完信息，杜韩森放下了手机，发出沉重的叹息。

董鸣啊董鸣，的确是个人才，也的确具备坚韧不拔的意志，如果不是性子急的话，他将是一个完美的企业家。只可惜，这就是商场，一步走错，就是满盘皆输。

当然，这并不影响杜韩森对他的评价，他依旧敬佩着这个做事雷厉风行的学生。

第二天中午，杜韩森来到了膳食渔坊，这只是街边上的一个普通餐厅，人均消费百元左右，看起来非常普通，但的确隔老远就能闻到里面的香味。

杜韩森找了张桌子坐了下来，喊道："老板，点菜了。"

"来嘞！"

老板娘穿着大红衣裳，扎着围裙，热情洋溢，道："吃点啥啊，我马上给你安排。"

看着菜单，也瞧不出个所以然，杜韩森干脆笑道："您这儿的招牌菜，给我来两道吧，我是外地来的，不太懂。"

老板娘笑道："那您放心，咱们这儿的味道保证是最好的，鱼都是最新鲜的，今儿早上从春生市拉来的，等会儿做菜的时候现杀。"

杜韩森点了点头，道："那麻烦老板娘了，我也尝尝春生……"

他突然抬起头来，轻声道："春生市？"

老板娘道："是春生市啊，那边的海鱼是最新鲜的，您稍等啊，我这就吩咐厨房给您做。"

杜韩森微微领首，却没有说话。

鱼很快端了上来，杜韩森尝了几口，果然味道很好，鲜美芳香，口感绝佳。

心情不畅的他竟然也胃口大开，风卷残云，把菜吃得干干净净，最后甚至忍不住打了个饱嗝。

杜韩森一边擦嘴，一边吆喝道："老板娘结账了，多少钱？"

老板娘走了过来，笑道："117，给110就行，欢迎下次再来吃。"

"好，谢谢老板娘。"

杜韩森一边笑着，一边给钱，漫不经心地问道："老板娘是春生市的人吗？这手艺很地道啊！"

老板娘道："是啊，我和我老公都是春生人，土生土长的，也是前几年才来省城开店，逢年过节才回去看看老人。"

杜韩森眯眼道："那老板娘知道北方海产集团吗？"

"不知道啊，那些事儿咱们老百姓怎么会知道。"

杜韩森有些懵，然后道："就是春生市东南边沿海，那个搞海参养殖的。"

老板娘恍然大悟，笑道："这个当然知道，春生市的人都知道，轰轰烈烈的，据说投了不少钱呢，规模大得很。"

"咱们家就离那边很近，站在阳台上都能看到那边的厂房呢。"

杜韩森笑道："阳台上都能看见海啊，那风景是真不错。"

老板娘摆手道："哪能看见海啊，不过就是看到些大厂房，海平面就模糊了，几乎看不清楚。平时咱们还说呢，在海边城市，却住不上海景房，有钱了只能往外跑，在老家想花却花不出去，哈哈哈！"

她的笑容无比洒脱，让杜韩森忍俊不禁，捂着肚子也笑了起来。

但几秒后，杜韩森脸上的笑容陡然凝固，眼睛慢慢睁大，整个人不禁猛然一颤。

海景房？春生市没有海景房？

他脑子嗡嗡直响，突然回荡起董鸣的声音："正好我们有一块地，是十多年前竞拍的工业用地，年限为 50 年，距离城市很近，交通极为便利,甚至四周都有民居。"

"我用工业用地抵押,找银行贷了15个亿。"

杜韩森腾地站了起来,满脸激动,整张脸都涨红了,他喃喃道:"有救了,有救了,北方海产集团有救了。"

老板娘吓了一跳,疑惑道:"您没事吧?"

杜韩森大笑道:"没事没事!我好得很!谢谢老板娘!您可帮了我大忙了,等事情成了,我保证还你一份天大的人情!"

他说完话,便直接跑了出去,给董鸣打电话。

电话顺利接通,董鸣那边吵吵闹闹的,依稀传来声音:"怎么了杜老师?我这刚下飞机呢,香港还真暖和,我看竟然有人穿短袖,真是离谱。"

杜韩森激动道:"就在机场待着吧,立刻买票回来,我在这边的机场等你。"

董鸣道:"那怎么行,我不坚持到最后一刻,是不会放弃的。"

杜韩森道:"拉倒吧,昨晚没忍心打击你而已,他们不会给你投资的。"

"赶紧回来!这边事情有转机了!"

最后一句话,直接把董鸣整激动了,声音都颤抖了起来:"真的?杜老师,是真的吗?还得是您啊!还得是您啊!"

"我我……我马上买机票,马上回来!"

电话被挂断了,杜韩森喘着粗气,也忍不住看了一眼机票,该死,为什么董鸣要晚上才能到!

这一天让我怎么等啊!

杜韩森度过了最漫长的一天,准确地说,是从中午1点,等到了晚上 10 点半。

对于他来说，时间一直是不够用的东西，但今天偏偏是始终都过不完，即使他还专门赶往了机场。

千呼万唤，董鸣终于从机场跑了出来，看到杜韩森，他就大吼道："杜老师！杜老师！快详细说说！到底怎么回事！"

四周的人都看了过来，杜韩森咬牙道："小点声，上车！"

坐到了车上，杜韩森也忍不住了，立刻问道："如果我没记错的话，你用来建厂房的地是工业用地，对不对？"

董鸣道："当然了，要不是工业用地，我还敢弄来建厂房么。"

杜韩森深深吸了口气，喃喃道："有办法了，有办法了，这块是工业用地，是你十几年前就拍到手的，50 年期限，如今过去了十多年了，还有三十多年的期限。"

"三十多年期限的工业用地，贷了 15 亿！"

董鸣疑惑道："这有什么奇怪的吗？那么大一块地，现在的价值的确能够达到 15 亿啊！"

杜韩森道："董鸣！如果你这块地不是工业用地，而是住宅用地呢？"

这句话直接把董鸣整懵了，然后他渐渐瞪大了眼，呼吸不禁急促了起来，一把抓住杜韩森的手，颤声道："多了 20 年期权！工业用地还变成了更值钱的住宅用地……按照春生市的政策，住宅用地的价值起码要高出 25%！"

"这意味着，15 亿变成 19 亿了！多出来足足 4 亿！

"36 年的期权，变成了 56 年，年限长了 55%。15 亿基础上加 55%，多了 8 亿！"

杜韩森喘着粗气道:"4亿加上8亿!"

"12亿!"

董鸣大吼道:"我还能再贷12亿!只要变更为住宅用地,我还能再贷12亿!那就够了!"

激动过后,他又看向杜韩森,喃喃道:"杜老师,工业用地要转化为住宅用地,做不到啊!法律是不允许的啊!"

杜韩森翻了个白眼,道:"我是干嘛的?你还能比我更懂地皮?我搞金融搞房产多少年了?"

"法律不允许的是企业和个人私自变更土地性质,但可以按照相应的程序,在具备基本条件的情况下,根据政府的政策,在政府的规划下,变更土地性质。"

董鸣瞪眼道:"意思是,有搞头?"

杜韩森道:"没搞头我让你回来干嘛?现在我们要做的,就是准备材料,分析情况,然后上报政府。"

"春生市是沿海城市,但海边竟然没有住宅区,这合理吗?放在以前合理,但现在人民生活水平大幅度提高,本身就需要与之匹配的配套产品,包括住宅。

"连老百姓都在抱怨赚了钱只能去外地花,本地花不出去,连海景房都没有,那么是不是意味着,政府应该考虑规划海岸线住宅土地了?

"这一规划,不就把你的厂房规划进去了?你的地,自然就变成了住宅用地了啊!"

董鸣激动得直接站了起来,然后头撞在车顶上,又一屁股坐下。

他捂着脑袋,激动道:"杜老师,我对你的佩服简直犹如长江之水滔滔不绝,又如黄河泛滥,一发不可……"

他突然顿住,"哎"了一声,连忙道:"不对,不对啊!杜老师,划分为住宅用地,我工厂怎么办,这不得给我拆了啊!"

杜韩森一脸无语,气急反笑道:"合着今年规划,明年就要执行是吗?合着这么长的海岸线,第一时间就会挑你这儿开发是吗?开发不要钱?不需要商家投资?不需要资金注入?"

"我告诉你,现在是冬季,即使在年前决定规划,在明年年初拿出规划方案,然后招商引资,等真正开始动工的那一天,起码明年年底了。

"这么大的面积,要开发到你这里,起码需要五六年时间。"

董鸣忍不住道:"那也不行啊,五六年时间,我顶多刚回本啊!"

杜韩森道:"拜托,五六年后的北方海产集团,能和现在一样吗?那时候的北方海产集团,已经是每年纯收入 7.5 个亿的庞然大物了!"

"你知道那时候北方海产集团每年要给政府纳税多少吗?你知道你会解决多少就业吗?你知道你会带动多少人致富吗?你知道你对春生市的经济影响有多大吗?

"拆你?政府怎么舍得拆掉你!

"等到了那个时候,顶多也就是把你这一块地重新规划为工业用地!

"亏你还是个成功的商人,连这些都不懂吗?"

董鸣听懵了,突然大笑了起来,道:"谁让我只是个卖海鲜的呢,对这些当然不太懂了,不过现在我懂了,杜老师你已经有办法了对不对!"

杜韩森道:"明天开始,你找公司去做一份春生市民意调查,关于规划沿海住宅新区的意见,这个东西是打动政府的钥匙。"

"我就留在这里,领导要我给他们讲讲经济课,我正好以春生市为例子,给他们讲一讲开发区设立的必要性。

"我告诉你,这并不是在帮你,而是基于实际情况,春生市也的确到了应该规划的时候了。这有助于新时代城市建设和满足人民的生活需求,算是一举两得吧。"

董鸣点了点头,沉声道:"我明白了,杜老师,谢谢您,如果没有您,我可能真的支撑不下去了。"

杜韩森笑道:"还好如你所说,苦心人,天不负……"

董鸣接话道:"卧薪尝胆,三千越甲可吞吴!"

"哈哈哈哈!"

两人大笑出声,心中都生出一股豪迈之气。

毕竟谁也没想到,这一次独辟蹊径,剑走偏锋,竟然能找到另外的道路,完全是令人意想不到的道路。

4

勠力同心　扭转乾坤

大道之行也，天下为公。

——《礼记》

"第一，动静要小，做事情要低调，数据要实事求是，不能作假，也不能夸张。

"第二，调查报告覆盖面要广，年轻人、老人、小孩，农民工、企业职工、公务员、外卖员，等等，最好每个行业、每个层次都触及。

"第三，在条件合适的情况下，选择十几个或几十个有代表性的人，进行视频录制。

"但是要记住，不能给报酬，不能涉及任何金钱，这是纯粹的社会调查。"

说到这里，杜韩森微微顿了顿，才道："如果有政府工作人员问起此事，如实回答，态度不要倨傲，尽量配合他们工作。"

"三天之内，你要把调查报告给我，我讲课需要用到它。"

董鸣不停点头，然后道："那杜老师你这三天准备做什么？"

杜韩森道："讲课是瞎讲吗？当然要备课啊！我要详细分析一下春生市在本省的定位，分析它的经济结构和发展方向，到时候才讲得清楚明白，才能脚踏实地。"

董鸣道："我明白了，那我现在就回春生市，亲自着手去办这件事。另外，向政府申请土地性质变更的材料，需不需要准备？"

杜韩森直接道："当然需要准备，虽然不一定用得着，但这个时候怎么能掉以轻心，无论多么谨慎，都不为过。"

董鸣重重点头，沉声道："好！我明白了杜老师，这里拜托您了。我那边都是些简单的活儿，你这边才是核心啊！"

杜韩森道："成与不成，我也没有把握，只能说尽力而为吧。"

两人分头行动，为了这件事，勠力同心，希望能扭转乾坤。

三天的时间很快过去，杜韩森对春生市也有了深刻的了解。

他托钱骏再次引荐，电话打过去，话刚刚说完，钱骏就笑了起来。

"杜老师，别客套了，领导前天就打了招呼，说如果你要找他，直接去就行了，不必预约。

"这几天领导一直在政府大楼，主持全省的经济发展工作呢，各市要员都在，正好是你讲课的时机。"

杜韩森闻言，顿时松了一口气，但很快他又紧张了起来。

看这个情况，领导是把我猜得透透的啊！他不禁苦笑，这点小秘密和小心思，的确瞒不过他老人家。

于是来到办公楼,还是熟悉的办公室,还是同样味道的茶。

"小杜啊,这个茶你觉得怎么样?"

领导的声音很温和,像是在和自家晚辈聊天一般。

杜韩森沉吟片刻,才道:"初尝有淡淡的苦涩味道,但越品越香,余味无穷。"

领导点了点头,笑道:"为什么我们喜欢喝茶,包括整个东亚,甚至整个世界,茶都是最流行的饮品之一。因为它包含了许多人生哲理。"

"它扎根于大地,从泥土深处而出,嫩芽时期就要经历风霜雨雪,最终长成茶树。而剪下茶叶之后,还需要晾晒,烘烤,翻炒,再晾晒。

"最终它到了这里,被滚烫的开水浸泡,才终于散发出了真正的香味。

"所以我们第一口品尝到的是茶的苦涩,那是它一生的经历,然后我们品到的才是它的价值,它通过一生经历得到的哲理。"

说到这里,领导微微顿了顿,笑道:"万事皆是如此,总在挫折和艰苦中起起伏伏,但大方向上又缓慢前进。"

"我请你来给我们的同志讲课,也正是因为我们需要学习,需要不断进步,这样才能顺应时代的发展,才能更好地为人民服务。"

杜韩森点头道:"领导说得是,我已经准备好了内容,不敢说非常有价值,但一定是用了心的。"

领导笑道:"下午会议结束之后,安排了一个小时给你,到时候包括我在内,都是你的学生。你打算讲什么课啊?想好题目了吗?"

杜韩森道:"想好了,课题是《与时俱进,与人民同行》。"

领导拍了拍杜韩森的肩膀，笑道："我期待你的课程，去吧，准备准备，下午4点开讲。"

杜韩森心中多少有些忐忑，但作为一个经验丰富的老师，他还是很有信心的。

午饭之后，他甚至午睡了一会儿，养足了精神，才带着材料到了政府大楼。

4点整，政府大楼会议厅，下方数十个领导已经坐齐，气氛庄严肃穆。

会议主持人凝声道："下面我们有请国大博士生导师、党校经济学导师、著名金融学者杜韩森先生，为我们讲课。"

会议室爆发出了热烈的掌声，杜韩森在所有人的注视下，大步走到了讲台上。

他看着下方众人，缓缓道："各位领导，各位同志，我是杜韩森，今日忝为老师，为大家讲授经济学课程，无比荣幸。"

"这堂课的名字叫《与时俱进，与人民同行》，与其说是经济学课程，倒不如说是社会学课程，因为它并不涉及艰深的经济学知识，反而是一些通俗易懂的道理。

"从改革开放以来，四十多年的时间，我们国家取得了举世瞩目的辉煌成就，人民的生活水平不断提高。

"我国社会的基本矛盾，从人民日益增长的物质文化需要同落后的社会生产力之间的矛盾，已转变为人民日益增长的美好生活需要和不平衡不充分的发展之间的矛盾。

"时代在进步，社会在进步，人民的需求在进步，而且进步飞速，那么我们为人民服务的工作，也该与时俱进，与人民同行。

"以我省沿海城市春生市为例,随着社会经济的发展,随着人民生活水平的不断提高,春生市民同样也有自身美好生活的需要。

"屏幕上显示的是,春生市民关于建立规划海岸线住宅用地的调查报告,报告充分显示了春生市民的需要。

"他们认为,现在的生活不比以前了,追求生活品质变得尤为重要,而作为沿海城市的百姓,竟然没有享受到沿海城市的品质生活。请注意,这个品质生活并不是指海产品的捕获与使用,而是指沿海公园的开发、沿海住宅的开发以及沿海旅游业的开发。

"作为一个经济学者,一个金融学者,我这几天详细分析了春生市海岸线开发的可行性。

"我发现春生市海岸线的开发,非但必要,而且迫切!原因有以下几点。

"其一,春生市民的生活水平提高,对海岸线的开发已经期待很久了,他们期望高品质的生活,不至于赚了钱要往别的城市跑。这是百姓的需求。

"其二,春生市本就是沿海城市,有着得天独厚的自然资源,对海岸线的开发,可以有力地推动经济的发展,包括且不限于房地产行业、文化行业和旅游业。这是经济发展的需求。

"其三,全国有许多类似于春生市这样的城市,他们的沿海开发做得非常好,既提高了人民的生活品质,又带动了旅游业的发展,通过旅游业的发展,带动了当地经济的发展。比如厦门市、北海市、烟台市和秦皇岛市。这是实际案例的可行性。

"其四,春生市非但沿海,而且有松花江流经,气候与北海、厦门、烟台等市截然不同,不仅可以看到大海,还有冰花冰河。这是我们独特的风景，具备巨大的旅游开发价值。这是环境的可行性。

"其五，正是基于各方面条件的成熟，春生市海岸线的开发具备巨大的经济价值，故而招商投资更具优势，可以吸引全国的企业向这边看齐。这是市场的可行性。

"综上所述，春生市的海岸线开发是必须的，而且是迫切的。我们政府应该具备新时代目光，与时俱进，与人民同行，共同迎接崭新的时代。

"敢于做决策，敢于开发，敢于发展，敢于承担责任。这样，我们的春生市才会变得更好，我们省的经济发展才能更好，人民的生活水平才能进一步提高。

"这就是我今天所讲的全部内容，谢谢大家。"

整个会议厅，鸦雀无声，落针可闻。

领导站了起来，一脸严肃，看着杜韩森，重重鼓起了掌。

掌声似乎把众人拉回了现实，如雷鸣一般的掌声顿时响起，人们陆陆续续全部都站了起来，脸上带着热情的笑容，为杜韩森精彩的课程鼓掌。

简单的晚宴，桌上众人寒暄不已，领导来到了杜韩森的身旁坐下。

他端起饮料，和杜韩森轻轻碰杯，然后笑道："小杜，你真是让我刮目相看啊！"

杜韩森笑道："领导，我都被夸了一晚上了，不必再溢美了吧。再这样下去，我可就把持不住自己了。"

领导笑道："这堂课是我邀请你来讲的，我对你抱有很大的期望,我认为你会表现得很优秀,但是我没有想到,我终究还是低估了你的才华啊!"

他看着杜韩森,轻声道:"你知道我今晚最赞赏你的一点是什么吗?"

杜韩森道:"不知道,请领导直言。"

领导叹了口气,把杯子放在桌上,缓缓道:"今晚你最值得赞赏的是,分明你是为了北方海产集团而来,但你却提都没有提起它。"

杜韩森愣住了,他万万没有想到,领导注意的是这一点。

领导轻轻敲着桌子,沉声道:"你没有提起北方海产集团的困境,你完全基于春生市的人民,在考虑他们的需求,在考虑经济的发展和人民的幸福生活。这一点,非常非常重要。"

"虽然这些话,好像有点冠冕堂皇,但是……这确是真真正正的人间正道!"

"小杜啊!"

领导握住了杜韩森的手,郑重道:"大道之行也,天下为公,你年纪轻轻,做到这一点,十分珍贵。"

"我们追求的是什么呢?我们中国有着古老的文明,是历史悠久的国家,早在几千年前,祖先就给出了我们的追求目标。

"斯为何也?天下大同也!何为大同?

"第一句话就是:大道之行也,天下为公。

"选贤与能,讲信修睦。故人不独亲其亲,不独子其子,使老有所终,壮有所用,幼有所长,矜寡孤独废疾者,皆有所养。男有分,女有归。货,恶其弃于地也,不必藏于己;力,恶其不出于身也,不必为己。是故谋闭而不兴,盗窃乱贼而不作,故外户而不闭,是谓大同！"

杜韩森心中只有震撼和感动，实在无法接话，他其实没有想这么多，但领导已经站在这个角度看问题了。

领导叹息道："我们党筚路蓝缕，坎坷前进，也正是为了这天下大同。故而有那句振聋发聩之语：天若有情天亦老，人间正道是沧桑。"

杜韩森张了张嘴，最终还是低下了头，他没法直视领导清澈的目光。

他低声道："我还是有私欲的，说实话，这一次讲课，或许更多还是为了帮助北方海产集团，我并没有那么高尚。"

"哈哈！"

领导笑了起来，摇头道："高尚是什么啊？不是完全没有私心，不是完全没有感情，人不是机器，总会有七情六欲。真正的高尚不是摒弃私心，而是把团体的利益、把国家和民族的利益、把人民的利益，放在更高处，放在自身之前。"

"在这一点上，你做得很好！"

他轻轻拍了拍杜韩森的肩膀，道："话都说到这里了，不妨也说一说北方海产集团。"

"不可否认的是，这的确是一个做实事、做正事的企业，也有勇气、有担当。

"它虽然朝前走得太快，差点摔碎，但是它也有它的幸运，就是恰好站在了人民的利益上，所以才能跟随人民，起死回生。

"关于春生市海岸线的开发规划，其实我们几个老头子早就开始讨论了，只是一直还没真正拿出方案来罢了，毕竟做一件事，也需要推动力。

"今天这个推动力出现了,春生市海岸线开发自然要提上日程了。

"如你所说嘛,与时俱进,与人民同行。

"估计年底就能拿出方案,明年年初就招商引资,开始布局了。

"那个时候,北方海产集团自然也就活了,除了土地性质变更所带来的银行贷款,未必没有其他资金愿意乘这股东风,加入北方海产集团。只是这其中的机遇怎么把握,就要看董鸣自己了。"

杜韩森站了起来,深深鞠了一躬,忍不住笑道:"领导,说实话,我实在太佩服你们了。"

"也感谢你们辛勤的工作,感谢你们高瞻远瞩,部署妥当。"

领导笑了起来,歪头道:"几句感谢的话就想把我这个老头子打发了?没那么简单噢。"

"春生市海岸线前期的开发尤为重要,一步走错,就没有回旋的余地。

"春生市需要你做个顾问,好好帮忙参谋参谋,在招商引资这一块,你也帮我们拉拉票,让项目进展得顺利一点。"

杜韩森正色道:"大道之行也,天下为公。杜韩森,义不容辞!"

春去秋来,岁月如梭。杜韩森站在海滩上,看着远方工人正在作业,他的心中有一种莫名的悸动。

春生市的海岸线已经动工了,大量的投资涌入,资本正在让这里发生着翻天覆地的变化,日新月异,每一次来查看,杜韩森都发现这里正不断变得更好。

他回头,看向身后的远方,在几公里外,高楼伫立,巨大的玻璃幕墙迎着太阳,散发着璀璨的光辉。

据说，这几个海景小区开盘一周就被抢购一空，甚至还有周边的市民专程过来，毕竟这个省很大，并不是每一个城市都靠海。

正是百感交集之时，电话响起，是董鸣打来的。

杜韩森接通，轻声道："怎么了老董？大清早的就打电话过来。"

电话那头，传来董鸣激动万分的声音："杜老师，快过来看看！我们海参养殖基地第一批海参出产了！"

天呐！这一刻简直等了太久！

杜韩森连忙赶过去，他看着董鸣抓着两只大大的海参跑来。

他神色激动，满脸涨红，大声道："杜老师你看，这个头多么大，这膘多么肥厚，这脂肪多么丰满！"

"这就是我们春生市的海参！今天中午我们就吃这个！"

杜韩森笑道："看把你高兴的，第一批产量多少啊？和你当初预估的价值20个亿，差距大吗？"

董鸣大笑道："很显然，我们非常有养殖天赋，专家团队已经做过评估，的确有超过20亿的价值，可以供应大半个中国呢！"

"只可惜当初的冷链已经卖了，不然可以直接自销，但好在当初买我冷链的老朋友已经找上我了。

"我们准备合作，争取让中国每一个人都吃到这里的海参！这就是我们的目标！"

他的声音中气十足，像是回到了30岁。

杜韩森有些恍惚，他回忆起三年前在机场看到的那个憔悴的董鸣，那个他已经消失了，如今只有眼前这个精神百倍的中年人。

果然，城市与企业，老板与百姓，都在朝好的方向发展。

这就是大道之行也，天下为公。

第五章

似水柔情

第五章 似水柔情

1

日月星辰　山川草木

只愿君心似我心，定不负相思意。
——《卜算子》

前方是一片辽阔的荒原，波澜起伏的地平线宛如翻涌的巨浪，将视线尽头的山脉不断朝这边推移，以至于大地开裂，迸涌出炙热的岩浆。通红的热浪席卷天地，一瞬间染红了大半个世界，空间仿佛都因此而扭曲消融。

杜韩森回头看向身后，那是一片辽阔的大海，黑色的海水宛如沉重的金属，此刻却如筹码一般不断堆积，最终变得比天还高，似乎隔着遥远的距离，与前方的岩浆对峙。

寒意席卷，热浪翻涌，这宛如光明与黑暗的力量逐渐交织在一起，然后瞬间爆炸，可怕的光芒将杜韩森陡然淹没。

"啊！"

杜韩森低呼一声，身体不禁打了个冷战，迷迷糊糊睁开眼睛，映入眼帘的是一张精致的脸庞。

"不好意思先生，打扰了，飞机即将落地了。"

空姐的声音温柔甜美，把杜韩森从梦境中拉了回来。

杜韩森点了点头，坐在椅子上慢慢缓冲着，一直到飞机落地都还有些不精神。

昨晚熬太晚了，开学第一天就犯困。

他穿好鞋子之后，并没有急着走，轻轻揉着眼睛，静待后方的乘客先走，他想再清醒一会儿。

大型客机载人较多，机舱内吵吵闹闹的，虽然不至于推搡，但前面的乘客走得慢，后面的乘客一直催，就显得特别拥堵。

杜韩森不禁按住了额头，心头有点后悔，早知道这么多人，还不如刚刚就直接走了呢，现在都挤到一块儿，自个儿都塞不进去了。

正想到这里，忽闻"啊"的一声，轻呼响起，然后杜韩森就感受到一个轻盈的身躯扑到了自己怀里。

他瞪大了眼睛，双手慌乱地扶着女孩的肩膀，连忙道："你没事儿吧？"

"没……没……不好意思……"

女孩的声音羞赧中带着焦急，身体始终直不起来，拥堵的队伍像是把她按在了杜韩森的怀里，让她始终无法起身。

"让一让，大伙儿让一让，这里有人摔着了。"

杜韩森吆喝了一句，才看向女孩，道："没磕着哪儿吧？"

说完话，他便愣住了。

女孩十七八岁的模样，长着一张精致的瓜子脸，大大的眼睛灵动又清澈,眉如远山淡雅纤细,睫毛纤长,琼鼻高挺,玉齿微露,红唇轻颤着,吐气如兰。

她皮肤白皙细腻,几乎看不见毛孔,因为紧张和羞涩,脸色微微发红。

看到杜韩森的目光,她有些不好意思地低下了头,小声道:"我……我没事……"

最是那一低头的温柔,像一朵水莲花不胜凉风的娇羞,杜韩森顿时想起了这句话。

但他很快抛开杂念,想扶着她起身,但乘客太多,互不相让。

杜韩森只能苦笑道:"等等吧,等他们走了你再起来。"

女孩没有说话,只是趴在杜韩森的身上,姿势怪异又别扭,一时间两人都陷入了尴尬。

天地突然变得很静,四周的吵闹声似乎都已经消失,两人可以清晰地听到对方有力的心跳。

时间过得很快,杜韩森很快就看到机舱内人已走光了,女孩站了起来,低声道:"对不起。"

她连忙起身,捋了捋头发,脸更红了,精巧的耳朵都散着热气。

瘦削的身体穿过了走道,每一步都像是在逃离案发现场。

杜韩森无奈摇头,缓步跟了上去。

于是两人就这样一前一后,迅速朝前走去。

女孩走几步就往后瞟一眼,直到最后,她终于忍不住停了下来,转头道:"你要干什么啊,一直跟着我。"

杜韩森指了指头顶的指示牌,道:"我也要出机场啊,难道留在飞机上过夜吗?"

这一瞬间，女孩的脸肉眼可见地变红，然后她捂着脸，发出尴尬的尖叫声，转头直接跑了。

看到这一幕，杜韩森忍不住大笑了起来。而笑声就像是催命的咒语，让女孩跑得更快了。

然而这一切并没有什么用，等杜韩森到达行李提取处时，女孩正尴尬地站在那里，怪难为情地看着杜韩森。

杜韩森走了上去，笑道："跑那么快有用吗？还不是在这儿乖乖站着。"

"不……不用你管。"

女孩轻轻说了一声，然后道："压了你一会儿而已，不至于找我麻烦嘛。"

杜韩森拿到了自己的行李，临走之前不禁问道："怎么称呼啊？"

女孩想了想，才道："小雨。"

杜韩森无奈摇头，这姑娘着实害羞，还编个名字来糊弄我。

他也不在意，这不过是一次简单的邂逅而已。

在人生的路途中，这样的邂逅会出现无数次，并没有什么值得留恋的。

前些年，好莱坞一部《阿凡达》开启了全球电影的3D时代，惊人的特效震惊了全世界，这两年国内拼命追赶，也终于迎来了自己的3D时代。

上完课回到宿舍，杜韩森看着手机里的新闻，忍不住道："诸位，晚上去看电影呗？咱们国内第一部3D武侠电影，徐克操刀，李连杰、陈坤、周迅主演，值得一看。"

第五章　似水柔情

"瞧瞧人家上面都怎么写的，中国内地继香港后大中华区的第一部真正意义上的3D武侠电影，继粤语后华语电影史上第一部获得官方认证的IMAX 3D电影，很有看头啊！"

这番话在宿舍里没有引起任何波澜，足足过了半分钟，才有一个室友懒散回道："哪有大老爷们组团去看电影的，你给我找个女朋友，我就陪你去。"

杜韩森无语，看向另外一个人，笑道："咱们去，别理他。"

另外一人摊手道："不是我不陪你去，而是我提前和女朋友约好了，我的票已经买好了，还送了一桶爆米花，一杯可乐。"

看到他暗暗得意的模样，杜韩森有一种想要掐死他的冲动。

于是他看向其他几人，大声道："我请啊诸位，先吃饭，吃了饭咱们就去，欣赏一下电影技术不好吗？在宿舍还不是一样没事做。"

一人说道："但是在宿舍不用洗脸洗头，也不用换衣服，出门太麻烦了，我不去。"

另一人郑重道："晚上要'开黑'，电影能比游戏更有意思？"

杜韩森只能把希望寄托在最后一人了，他来到室友身边，轻轻拍了拍肩膀，道："咱们两人去怎么样？"

室友回过头来，说道："如果有人陪你去，那我就陪你去；如果没人陪你去，那我就不去。"

这是什么逻辑！硬要抬杠是吗！

杜韩森瞪眼道："我该怎么理解这句话？我感觉我的本科文凭在此刻不好使了。"

室友道："很简单啊。三个男生去看电影，这叫热闹，叫哥们儿；但两个男生去看电影，这就有点暧昧了。为了避免误会，我还是不去了。"

杜韩森差点没给气死，一群活宝室友，真是什么理由都有啊！

"我晚上自己去，美滋滋，搞不好还能遇到美女。"

杜韩森哼了一声，直接开始换衣服。

一个室友笑道："你看完电影还是回来吧，别为了掩盖自己没找到女朋友，还故意花钱开个房，孤零零地在外边睡。"

杜韩森一脚踹了过去，都给气笑了，他忍不住道："我是不想找，我要想找，上大学第一天就能脱单，好几个学姐加我微信呢。"

几个室友同时吆喝了起来，都是爱开玩笑的人。

无论如何，杜韩森还是出门了，一个人来到电影院。

不得不说，徐克拍的电影确实是好，3D特效也非常生动，只是有一点很奇怪，怎么眼前老是有东西一闪而过呢。

杜韩森忍不住摘下眼镜，于是就看到了电影屏幕中，暗器互相激射的场面，而身旁的姑娘，下意识伸出了手，在面前胡乱挡着。

这……这显然是第一次看3D电影，以为暗器从屏幕里飞出来了，控制不住伸手去拦。

怪不得眼前总有东西飘来飘去的，原来是姑娘你在划船啊！

杜韩森看向这张脸，一时间突然愣住了。

这不就是前几天飞机上遇到的姑娘吗？叫什么？小雨？

他拍了拍对方的肩膀，道："手别划了，你当这是游泳馆呢。"

这话一出，后边和另一边的观众也说了起来，连忙跟着道："是啊姑娘，你手别动，划来划去的太影响观影体验了，又不好说你。"

"对啊，这就是3D特效而已，你适应适应。"

女孩摘下眼镜，低声道："不好意思，我会注意的……"

第五章　似水柔情

然后她就看到了杜韩森，忍不住瞪大了眼，惊声道："你跟踪我！"

四周的观众都不禁看了过来。

杜韩森连忙压着声音道："小点声！看电影呢。"

"另外，谁跟着你啊，我就是旁边大学的学生，专门过来看电影的，谁知道能碰上你啊。"

小雨没有回应，只是怀疑地看了杜韩森一眼，便戴上了眼镜，继续观影。

只是人的应激反应不是思想可以控制的，并没有适应 3D 的她还是忍不住用手划来划去。

杜韩森实在看不过去了，一把将她手抓了下来，按在椅子上，低声道："别动，正是精彩情节呢。"

小雨看了他一眼，又看了一下自己被握住的手，一时间有些尴尬，看电影都没了兴趣。

但慢慢地，随着电影情节越来越精彩，她也忘记了这一点，甚至随着紧张刺激的镜头，还会紧紧握着杜韩森的手。

一场电影结束了，直到这时，两人才发现双手一直紧紧握在一起，已经很久了。

小雨连忙把手抽开，低下了头，急道："我……我不是故意的……我走了。"

杜韩森一把拉住她，轻笑道："我叫杜韩森，这下总可以知道怎么称呼你了吧？"

"我……我叫沈凝雨。"

沈凝雨脸色绯红，低头看着自己的脚，小声道："我要走了，很晚了。"

杜韩森道："看完电影不饿？一起吃个饭怎么样？飞机上碰到了，在这里还能挨着坐，这是缘分嘛。"

"不，不……真的很晚了，都9点了，宿舍要关门了。"

沈凝雨把手抽离，逃命似的踩着小碎步跑开了。

杜韩森喃喃道："沈凝雨，名字还挺好听。"

他缓缓一笑，抛开杂念，满载而归。

大学的日子并不枯燥，杜韩森学业压力很大，空闲的时间并不多，除了专业课程之外，他还会购买一些与专业相关的书籍进行阅读。

一般的空闲时间，就和室友们打打游戏，或者去打打球，跑跑步，锻炼身体，基本上就是这样。

"下午的课在D栋A教室，要随机点名的啊，都不许迟到。"

讲台上，老师冷漠的眼光扫视着四周，缓缓道："4个班加起来160多个人，这里差不多只坐了100个人，点名的时候，却全部都在，你们变戏法呢？"

众多同学都忍不住笑了起来。

老师道："再有这种冒名顶替的情况，别怪我扣你们学分啊，都长点心吧。"

杜韩森听得冷汗直流，于是赶紧在宿舍群里发消息："下午要点名啊，都得来，今天帮你们答到，我差点栽了。"

群里安安静静，没有一个人说话。

过了大概10分钟，杜韩森终于收到回复："帮我带份盖饭！"

第五章 似水柔情

"帮我带个炒面。"

"帮我带个两荤一素,再加一桶泡面,晚上吃泡面。"

杜韩森气得浑身发抖,这些人太有经验了,知道放学之后立刻说带饭,我就不会去食堂吃,所以故意等10分钟,我差不多到食堂了,他们的消息就来了。

上个大学啊,心思全用在这上面了。

杜韩森实在有些无奈,于是干脆说道:"行,我都给你们带,前提是我今天在食堂找到个女朋友。"

这句话一出,群里顿时热闹了。

"唉,算了,我起床自己去吃吧。"

"我刚醒,还不饿,不吃也行。"

"你在食堂找到个女朋友?概率差不多约等于我保研国大吧。"

"要不我给你介绍个女朋友,你帮我带饭?"

杜韩森干脆关掉了手机,懒得和这群人扯犊子。

刚刚下课,学生都聚在了一起,食堂拥挤不堪,不过杜韩森已经有了经验,先去拿了个空盘子占座,然后才去排队打饭。

于是他成功占到了座位,刚准备吃呢,身旁传来清澈的声音:"同学,你旁边有人吗?没人我坐了啊!"

杜韩森回头,两个人都愣了。

"沈凝雨?你是我同学?"

杜韩森万万没想到,前几天一起看电影的人又在食堂碰见了。

他指了指座位,道:"坐吧,其他地方也没位置了。"

今天沈凝雨穿着米白色毛衣配着浅色的羽绒服,梳着马尾,搭了一条素色牛仔裤和小白鞋,看起来清纯又朴素,十分可爱。

她也是愣了好久，才有些不安地坐了下来，看了杜韩森一眼，小声道："原来你真是这里的学生啊!"

杜韩森一边吃，一边笑道："怎么？我应该是什么人？社会闲散人员吗？"

沈凝雨也微微一笑，道："我以为你没说实话，骗我的呢。"

或许是确认了杜韩森的身份，也或许是一回生二回熟，沈凝雨显然没有之前那么害羞了。

她轻声道："我不是你的同学，我是今天过来考试的，教师资格证的考点，在你们学校呢。"

"哦，做老师啊。"

杜韩森大口吃着饭，随意说道："那以后我的孩子交给你了。"

这句话当场把沈凝雨闹了个大红脸，忍不住轻啐一口，道："什么叫你的孩子交给我……胡说八道。"

杜韩森指了指她的餐盘，道："别光顾着说，菜要凉了，哎，你怎么就点一个荤菜？"

沈凝雨道："我不怎么喜欢吃肉，菜更好吃。"

"这样啊，那挺好，合作共赢一波。"

杜韩森的筷子直接伸到了沈凝雨的盘子里，几下就把肉给她夹了个干净，然后又把自己的菜分了一部分过去。

他大大咧咧说道："正好我不喜欢吃菜，反而喜欢吃肉，这下大家都赚了。"

沈凝雨眼睛里面像是有水，泪汪汪的，都快哭了。

她张了张嘴，都不知道该说什么，只觉得心里好委屈，忍不住道："你欺负我。"

第五章　似水柔情

杜韩森看她的模样，就知道自己玩笑开大了，于是连忙道："好了好了，怎么这么小气呢，这样吧，既然都第三次见面了，看来咱俩还真是有缘分，晚上我请你吃饭，算是补偿你这份荤菜。"

"不去！"

沈凝雨哼道："不稀罕你请吃饭，我下午还要考试呢，没有时间。"

女人啊，总是口是心非，总喜欢找一些让人摸不着头脑的借口，晚上请你吃饭，关你下午考试什么事啊！

杜韩森毫不犹豫，直接道："你在哪个教室考试？啥时候结束？"

沈凝雨犹豫了片刻，才道："A栋C03，下午5点考完。"

"我知道了。"

杜韩森拿出手机，对着沈凝雨直接拍了一张照片。

听到快门的声音，沈凝雨才抬起头来，瞪眼看着杜韩森。

然后她连忙擦干净嘴上的饭粒，急道："你……你这人怎么这样啊！我嘴上还有油，你就拍照！"

杜韩森道："没事没事，不给别人看，留个影而已嘛，免得到时候我认错了人，找不到你。"

沈凝雨撇了撇嘴，小声道："谁要你找了，我又没有答应你。"

她小口吃着饭，有一搭没一搭地和杜韩森聊着天，然后站起身来，道："我去自习室复习了，拜拜。"

看着她匆忙离开的背影，杜韩森忍不住笑了起来，看来今天不给室友带饭也不行了。

他把饭菜打包好，迅速回到寝室，却又傻眼了。

一群室友围着桌子，正吃着外卖，满嘴都是油。

杜韩森看了看自己手里的饭，然后将它重重放在桌子上，眯眼笑道："好哥们儿！你们今天有福了！"

一个室友嘴里还有饭，却疑惑道："怎么又帮我们带饭了？"

另外一个室友道："不用说，他肯定在短短的一中午，找到女朋友了，搞不好还要说是校花呢，对吧！"

旁边的室友笑道："你算是把他的套路都摸清楚了啊！"

杜韩森皮笑肉不笑，哼了一声，直接打开手机，面向大家。

他笑道："看到了吗？都看仔细了啊！今天咱还真把事儿办成了，沈凝雨，我女朋友，今晚都约好出去吃饭了。"

一双双筷子，掉在了地上。

一群室友，傻傻地把头凑了过来。

"天啊！好漂亮啊！"

"不可能！绝对不可能！"

"该死，为什么今天中午我没去食堂，我要是去了，以我的魅力来说，这就是我的女朋友了呀！"

杜韩森把手机收了起来，缓缓笑道："好兄弟们，不必感叹，你们的幸福还在后头，来吧，把我给你们带的饭吃了。"

"不许说吃不下啊，今天你们但凡敢给我剩一粒饭，以后就甭想让我再带饭了啊。"

几个室友对视一眼，遭到了沉重的打击，一脸生无可恋。

杜韩森坐在一旁，笑嘻嘻地看着他们拼了命地往肚子里塞食物，撑得呜呼哀号。

下午上完课，刚好4点半。

杜韩森迅速回到宿舍，换好衣服，对着镜子整理发型。

第五章　似水柔情

一群室友都看呆了。

其中一人忍不住问道:"哎,老杜,你真要出去约会啊?"

这句话把杜韩森也整懵了,他疑惑道:"感情你们都还不信呢?中午饭没吃饱?"

众人闻言,都忍不住打了个饱嗝。

然后才有人说道:"不是啊,我们中午之所以吃,不是因为相信你真谈恋爱了,而是觉得你帮我们带了饭,我们却不吃,对不起你一番好意啊。"

另一人也道:"是啊,纯粹是因为觉得抱歉而已,谁相信你真有女朋友了啊!"

"就你中午的照片,咱们大学的贴吧里都能找100张出来。"

"大家照顾你的面子,又念着你帮我们带饭么辛苦,就没戳穿你嘛。"

杜韩森是真被这群活宝给整笑了,有这群室友,大学生活真是天天都开心。

于是他弄好了发型,道:"现在信了吧?我享受美好的恋爱生活去了,你们几个继续在寝室待着吧,做宅男嘛。"

其他人对视一眼,突然觉得宅在寝室睡大觉也没那么香了。

前方是一片小树林,左右两边都是高楼,走廊里满满都是学生,全都是不熟悉的面孔。

沈凝雨看了半天,微微摇头,背着小书包缓步朝外走去。

而就在此时,停泊的车辆中,一辆车的车门突然打开,杜韩森走了下来。

他对着沈凝雨挥手道:"这边,这边,别瞎看了!"

无数双眼睛都朝他看来,然后又朝沈凝雨看去。

沈凝雨的脸唰地红了,慌张地看了一眼四周,然后连忙朝杜韩森小跑过来。

她压着声音,急忙道:"你干嘛,太高调了,不是说了没答应你吗!"

我能信你这些话?杜韩森微微一笑,拉开了副驾驶的车门,笑道:"上车吧,大家都看着呢,你准备在这里待多久啊。"

"烦死你了。"

沈凝雨连忙坐上了车,道:"快开走,这么多人围观,难为情死了。"

杜韩森一笑,一路疾驰朝外而去,开入市区。

正是5点出头,晚高峰还没开始,路上并不算特别堵,一路风景美不胜收。

沈凝雨有些不安,看了一眼车内的环境,小声道:"喂,我们去哪儿?"

杜韩森笑道:"我有名字。"

沈凝雨嘟起了嘴,哼了一声,才道:"是,杜韩森同学,你是打算把我带到哪里去啊?"

杜韩森道:"反正不是拐卖,你到地方就知道了。"

二月份,天气还未转暖,车里开着空调,吹得沈凝雨的脸色红扑扑的。

而天色很快就暗了下来,街道霓虹闪烁,四处都是辉煌的灯光,这座城市在暗黑的夜幕中,散发着迷人的光彩。

第五章　似水柔情

杜韩森带着沈凝雨到了电梯，直接上到第60层的空中餐厅。

早已提前订好了座，服务员带着他们来到靠窗的位置坐下，不知所措的沈凝雨看着四周的环境，显然有些不自在。

她小声道："杜韩森，为什么带我来这里吃？太贵了，不合适的。"

杜韩森轻笑道："都是吃饭而已，全是我的心意，不能用价格去理解。"

"今天我给你推荐几道菜，保证很适合你们女孩子的口味。"

沈凝雨没有说话，只是轻轻点头。

菜很快上桌，杜韩森开了一瓶红酒，一人倒了一杯。

他端起酒杯，道："来吧，沈凝雨，三次的缘分真是奇妙，这一杯敬缘分。"

沈凝雨看了一眼酒杯，犹豫了几许，才端了起来，低声道："我只能喝一点点喔。"

酒杯碰在一起，发出清脆的响声，像是两人之间的缘分炸开的小火花。

杜韩森充分展示了自己的绅士风度，全程为沈凝雨服务，帮她切牛排，帮她倒酒，帮她配菜……

时间一秒秒过去，两人都吃得非常满足。

沈凝雨的脸微微有些红，眼神也有些迷离，显然不胜酒力。

杜韩森看向窗外，笑道："你看，这里的景色多漂亮。"

沈凝雨朝外看去，只见北京城一望无际，闪烁着明亮的灯，夜空的黑暗无法侵蚀这座温暖的城市，每一条街道都像是一条银河，车水马龙如水银般流淌，又如火炬在燃烧。

繁华的都市，在这一刻，散发出了最惊心动魄的魅力。

杜韩森低声道："旁边有空中花园，风景更好，我们去看看？"

"嗯……"

沈凝雨道："我还是第一次在这么高的地方，看到北京的景色呢。"

走出了餐厅，到了空中花园，这里没有密闭的玻璃窗，气温骤然降低，即使穿上了外套，都有些短暂的不适应。

但心中的热情却掩盖了寒气的侵袭，沈凝雨来到观景台，朝下看去，一时间心驰神往，看得目光凄迷。

杜韩森站在她的背后，轻轻把她拉进怀里，环着她纤细的腰肢，感受着她柔弱无骨的身躯。

沈凝雨身体一颤，呢喃道："你干嘛呢，别……"

杜韩森直接打断道："别说话，吃了饭出来吹风容易感冒，我护着你点儿，你看你的。"

沈凝雨微微有些挣扎，但最终还是靠在了他的怀里，感受着炙热的气息，她觉得全身暖烘烘的，再看向远方，风景真漂亮啊。

人类经过了几十万年的进化，人类文明经过了几万年的发展，从原始社会到封建社会，再到如今的新时代。

一切的努力，一切的发展，似乎都只为了如今这一刻的到来。

沈凝雨也觉得，这一刻似乎已经等待了好久，内心的忐忑，渐渐化成了醉人的蜜糖。

两人确定了恋爱关系，在恋爱初期，沈凝雨既羞涩又期待，既害怕张扬，又渴望浪漫。

第五章　似水柔情

杜韩森也是青春年少，充满精力，带着沈凝雨走遍了北京大大小小的景点。

他们并肩走在故宫中，见证几百年的历史沧桑；他们坐在颐和园的船上，看自然与人文的和谐共生。

他们深夜出城爬山，只为在山顶看满天的星辰，看皎洁的明月，迎初升的太阳。

在寂静无人的夜晚，在远离城市喧嚣的地方，在日月星辰、山川草木的见证下，他们放飞自我，喊出了心中的浓情蜜意。

"山无陵，江水为竭，冬雷震震，夏雨雪，天地合，乃敢与君绝。"

沈凝雨此刻没有了任何的羞涩，没有任何的负担和顾虑，她的声音在山顶回荡，久久不绝。

杜韩森笑道："心情很高兴啊你！这么大声的表白！可惜我没听够！"

沈凝雨回头，笑靥如花，浑身都散发着青春最美好的气息。

她撩起眉间长发，道："你还想听什么？"

杜韩森道："当然是你的真心话。"

沈凝雨走了过来，捧着杜韩森的脸，歪着头轻声道："此水几时休，此恨何时已。只愿君心似我心，定不负相思意。"

说完，她扑进了杜韩森的怀里。

在这日月星辰、山川草木的见证下，在远离世俗的地方，热恋的情侣紧紧相拥。

虽然不为人所知，但依旧轰轰烈烈。

2

雨雪风霜　饮一杯无

东边日出西边雨，道是无晴却有晴。
　　　　　　——《竹枝词》

夜深，窗外大雪纷飞，狂风嘶啸，又是一年天寒时。

屋内灯火通明，温暖如春，却依旧盖不住孤独的侵蚀。

杜韩森揉了揉眼睛，看着电脑屏幕上的报表，陷入了沉思。

回国以后，一方面要上课，一方面要处理生意，两边倒确实有些疲倦。

这些天来，他常常感觉精神不振，浑身无力，头昏脑胀，显然是颈椎劳损惹的祸，估计腰肌劳损也是有的。

电话突然响起，杜韩森看了一眼屏幕，连忙接通道："哎，妈，这么晚了您怎么还没睡啊？"

电话那头传来熟悉的声音："你还在加班呢？别太劳累啊你，仗

第五章　似水柔情

着自己年轻，就不把身体当回事，等以后老了就受罪了。"

寒冷的冬天，母亲的话足够温暖人心。

杜韩森轻轻笑道："谢谢妈，我会照顾好自己的，您也照顾好身体，等这几天忙完了我回来陪您。"

"你也别光顾着回来陪我，老大不小了，什么时候找个对象啊？就这么一直单着也不像回事儿啊！"

杜韩森沉默了片刻，才缓缓笑道："妈，您就别老操心这些事儿了，我现在工作比较忙，没有时间去找，等这段时间忙完了，我保证找一个您满意的。"

"我满意有什么用，你满意才是最好的，别光说不做啊，真得把这事儿放心上才行。"

杜韩森点头道："是，遵命，哈哈！妈您放心吧！"

"哎对了，你大学时候的那个女朋友呢，什么时候分手的都没听你说起过，难道稀里糊涂就把人弄丢了？"

杜韩森只有苦笑，无奈道："妈，别提这事儿了，都过去那么久了。我那时候出国留学，也不能一直陪在她身边，感情变淡，分手也是正常的嘛。"

"哎呀，你们这些年轻人啊，就知道轰轰烈烈的浪漫，这找对象啊，是结婚过日子，不一定非得天天腻在一起啊。"

杜韩森知道情况不对了，再这么说下去，怕是说一晚上也说不完了。

他连忙道："妈，这大晚上的，您就别翻我旧账了，早点休息吧，您儿子又不是真找不到，只是暂时没时间嘛。"

"那你记得到时候带一个回来，好歹让我看看啊！"

杜韩森道:"是,保证带给您看,您早点休息,晚安晚安。"

挂掉电话,屋中又变得冷寂了起来。

杜韩森沉默了很久,微微叹了口气。

他看向电脑屏幕,只觉眼睛都有些花,脖子又酸又胀,疼得不行。

唉,看来明天真得去医院看看了。

情况比想象中的更加严重,杜韩森早上起床的时候,脖子几乎连动都动不了,微微转个头都痛得要命。

颈椎病就是这样,平时只是有点小小的不舒服,但它认真起来,又没有几个人能受得了。

杜韩森忍着疼痛来到医院,下车的时候还差点吐了,连忙挂了号,来到科室,他就快坚持不住了。

"坐这儿,把外套脱了。"

医生的声音冷清又平静,锐利的目光扫过杜韩森的脸,淡淡道:"脸色就不好看,情况不会很乐观。"

她伸出手,捏了捏杜韩森的斜方肌,痛得杜韩森龇牙咧嘴。

这还没完,她走到杜韩森的身后,双手轻轻按住他的头,微微转动。

这下更是要命,杜韩森只觉自己的脖子都要断了,里面的筋脉似乎纠缠到了一起。

医生坐了回来,看到他艰难的表情,平静道:"情况确实严重,是椎动脉型颈椎病,所以除了疼痛之外,还伴随着头晕、恶心和干呕的症状,传统的按摩、推拿已经不好使了,去拍个片吧,做好住

第五章　似水柔情

院的准备。"

杜韩森顿时傻眼了，疑惑道："颈椎病还需要住院？没开玩笑吧？"

医生瞥了他一眼，轻声道："谁在跟你开玩笑？严重的颈椎病不但需要住院，甚至需要开刀手术，别小瞧每一种疾病，否则它恶化起来，一定会给你教训。"

"另外请注意你的语气，不要怀疑我的专业能力。"

杜韩森微微点了点头，这才看清楚，医生是一个年轻的女性，眼睛很漂亮，虽然并不大，但目光很锐利，有一种莫名的魅力。

她是鹅蛋脸，虽然隔着口罩，但也能通过轮廓判断出她的五官立体，长相漂亮。

只是吧，这态度似乎有点冷淡啊，不太好相处的样子。

"杜韩森。"

"啊？嗯？怎么了医生？"

杜韩森被这句话惊醒。

医生看着他的挂号单，淡淡道："你看够了吗？需不需要我摘下口罩让你看？"

杜韩森有点不好意思了，于是摇头道："不用不用，看够了。"

医生道："看够了就去拍片，不要影响我工作，后面病人等着呢。"

"是，明白。"

杜韩森被整得服服帖帖的，去拍片的时候，不禁看了一眼单子上的名字。

白素。

这名字够素雅的，倒是很符合她冷淡的气质。

等杜韩森拿着片子回到科室，白素定眼一看，眉头顿时皱起，她直接道："准备住院吧，先观察七天。"

杜韩森这下是真的慌了，连忙道："医生，白医生，你饶了我吧，我工作很忙的，七天真的太多了，三天怎么样？"

白素看向他，眉头皱起，凝声道："你是医生还是我是医生？你知不知道颈椎病严重起来有多么可怕？"

"这个世界上的工作永远是做不完的，但你的身体承受能力就摆在那里，你觉得哪个更重要？我告诉你，你这个情况再不重视，将来很可能压迫血管神经，导致大脑供血不足，最终的结果就是大小便失禁，四肢瘫痪。"

杜韩森听得满头大汗，赶紧点头道："住，住七天没问题。"

白素翻了个白眼，道："早答应不就痛快了吗？非得浪费我这么多话，自己去准备吧，下午登记入住。"

说到这里，她似乎想起了什么，提醒道："别把电脑搬过来啊，病房内不允许办公。"

"谁说不允……"

杜韩森的话说到一半，就看到白素眉头微微一皱，似乎要发怒了。

他连忙道："明白明白，我知道了，谢谢医生。"

白素这才点头道："去吧。"

杜韩森讪讪一笑，连忙退了出去。

说实话，不知道为什么，他在这个白素医生面前竟然有点怂，虽然对方占着理，但杜韩森也是见过风云的人物，倒是第一次碰见

第五章　似水柔情

这种一皱眉就能吓到人的情况。

不过关于颈椎病的话，他还是听进去了，下午赶紧安排好工作，然后办理了住院手续。

杜韩森躺在床上，百无聊赖，他掏出手机看着股市，分析着其中的趋势。

但慢慢地，他就觉得不对劲了，怎么好像听到了呼吸声。

于是他转头一看，只见一张脸就在跟前，目光清冷，似乎还带着淡淡的怒气。

"白、白医生你……什么时候进来的啊？"

杜韩森连忙收起了手机，心虚地补了一句："总不能手机都不让玩吧，住院的规矩哪有那么严。"

白素目光平静，缓缓道："住院治疗，观察病情，你也要配合才行。在这期间，尽量不要进行脑力劳动，这更有助于缓解疲劳，缓解病情。"

杜韩森下意识点头，笑道："那没事了。"

白素道："手机放下，翻过身去。"

杜韩森吞了吞口水，缓缓道："不至于报复吧？白医生，我也就是看了看股市，你……"

"听话！"

白素说了一句，就把他手机抢了过来，放到了一边。

她一捏杜韩森的肩膀，杜韩森就痛得龇牙咧嘴，赶紧翻了过来。

然后白素才坐到了床边，把他的外套脱了下来，扔到一旁。

她双手轻轻按在了杜韩森的肩膀上，道："不要动，我给你按摩推拿，然后要输液补充水分和电解质了。"

"我时间紧，你别耽误我工作，好好配合。"

说话的同时，她双手开始微微用力，但力量恰到好处，既能放松肌肉，又不至于让人疼痛，技术好得不得了。

杜韩森长长舒了口气，整个人都完全放松了下来，肩部、背部和颈部持续被按压，位置极其精准，让人无比舒缓。

杜韩森忍不住夸奖道："白医生，你技术真好，真舒服。"

白素淡淡道："闭上你的嘴巴，再说这种话我抽你。"

杜韩森愣了一下，才不禁苦笑出声，这句话好像是有那么点歧义在里面。

他心情更加放松，加上身体舒畅，疲劳的身躯得到了缓解，不知不觉间，竟然沉沉睡去。

白素看了一眼时间，发现差不多了，才缓缓离开。

这一觉，杜韩森都不知道自己睡了多久，只知道自己睡得太香了。

平时工作忙，熬夜简直是家常便饭，睡眠质量也不好，睡醒之后人都是懵的，脑子也发晕。

可这一次睡觉，像是消弭了一身的毛病，浑身都轻飘飘的，精神无比振奋，非但脑子是清醒的，连视力都似乎好了很多。

心中不禁有些感叹，来这里治疗确实有用，白医生的技术也确实非常好，只是不能说出来，否则要被抽。

想到这里，杜韩森忍不住微微一笑，也放下心来，老老实实住院。

每天下午 4 点之后，白素医生都会准时过来按摩，她是个不怎么爱说话的人，除非是你哪里惹她不高兴了。

第五章　似水柔情

接触两次之后，杜韩森慢慢摸准了她的脾气，在气氛特别沉闷的时候，他还会故意逗一逗白素。

"白医生，你介不介意我出院之后，也请你帮我按一按啊？"

杜韩森再度作死。

白素目光平静，语气也像是没有情绪，淡淡道："很介意，所以请你闭嘴。"

杜韩森道："每次你按完之后，我都觉得特别放松，只怕之后没有你的按摩，我觉都睡不好。"

白素道："那没关系，我不负责治失眠，你睡不好我不在意。"

白医生，你也太怼人了。

杜韩森自讨了个没趣儿，干脆也不说话了。

但白素却道："之后工作要注意强度，多运动，别久坐，别熬夜，否则会复发。"

杜韩森眼睛一亮，笑道："原来白医生还是关心我的。"

白素只是缓缓道："没有，这是我的职责而已，毕竟你等会儿就要去办理出院手续了。"

"啊？"

杜韩森回头道："这不是才第四天？说好的七天呢？"

然后他就看到了一双纤细的手，把他的脸按了回去。

"别动，还没按完呢。"

白素一边按，一边说道："你身体底子好，经过这四天的观察，已经恢复如初了，之后注意就不会有大问题。"

"另外，你不是不想住那么久吗？让你提前出院，还不满意了？"

杜韩森没有说话，他也在思考这个问题，怎么住着住着，就不想走了呢?

或许,是白医生太有趣了吧。

但无论如何,该走毕竟是要走的。

杜韩森再次陷入了忙碌的工作中,只是他稍微听话了些,尽量在空余时间运动运动,避免久坐和熬夜,身体状况比之前确实好了不少。

这个冬天尤为寒冷,大雪一连下了四五天,所有人都不想出门了。

但杜韩森作为国大的老师,却没有办法不出门,冒着风雪来到教室,讲完课之后,他看到学生从教室中走出,踩着洁白的雪,浩浩荡荡离开。

这一幕给他莫名的震撼,原来这些白色的东西早已无法击垮人类了。

但下一刻,他眉头突然皱起,目光一凝,看到了一个熟悉的身影。

穿着厚厚的羽绒服,脖子上裹着黑色的围巾,帽子拉了上去,但……杜韩森还是看到了她。

这不是白素医生吗?她怎么会在这里?

会不会是我认错了?

杜韩森犹豫了几许,然后才喊道:"白素!"

白素下意识回头,右脚绊左脚,扑腾一下就摔在了地上。

杜韩森吓了一跳,连忙跑了过去,把她扶起来,问道:"你没事吧?摔着哪里没有?"

第五章　似水柔情

白素看到他，双眼微微一眯，才缓缓道："如果你不喊我，我会更没事。"

还是熟悉的语气，还是熟悉的配方，只是此刻她并未佩戴口罩，下半边脸都露了出来，鹅蛋脸微微偏圆，但看起来一点都不胖，反而有一种柔和的美。

拜托，她是柔和的人吗？

杜韩森忍不住笑道："碰见白医生，我忍不住打招呼嘛，好久没看到你了啊。"

白素道："我天天在医院上班，你没看到我只能说明你没病。"

得嘞，她怼人的技巧愈发高明了。

杜韩森道："白医生，你也是国大的学生吗？怎么会在这里碰到你。"

白素拍了拍身上的雪，道："你问得很奇怪，我是协和医院的医生，难道不属于国大？我当然是这里毕业的。"

说到这里，她摆了摆手，道："我过来找老师的，把写好的论文拿给他看，要没什么事儿的话，我就先走了，你喜欢淋雪，就站在此地别动。"

说完话，她便大步朝前走去。

看着她的背影渐渐远去，杜韩森沉默了片刻，才突然追了上去。

他跑到白素的身旁，笑道："白医生，经过你的治疗，我颈椎病真的痊愈了，最近身体都好了不少。"

"本来就想找个机会感谢你呢，今天恰好遇到，不如我请你吃饭吧。"

白素淡淡道："那是我的职责，不必感谢，不必请客。"

杜韩森无奈道:"那我害得你摔了一跤,想赔个罪嘛。"

白素停了下来,锐利的目光看向杜韩森,然后说道:"我摔跤的确是你害的,你应该请客,饭店我自己挑,免得我不喜欢吃,白白受罪。"

杜韩森万万没想到她会这样回答,和平常的女孩完全不一样,她直接,而且毫不掩饰自己的想法。

杜韩森连忙道:"当然,当然应该是你来选。"

白素瞥了他一眼,道:"开车了吗?"

杜韩森道:"开了啊。"

白素眼神古怪地看着他,疑惑道:"那你站这儿干嘛?带路啊!"

哈哈哈哈!

杜韩森心中觉得好笑,又忍不住摇头,带着白素上了车。

按照她的指引,到了一个重庆火锅店,走进门暖气席卷,香味扑鼻,整个人都精神了。

白素平淡的表情终于有了一些变化,她嘴角勾起,露出了一丝笑意,直接找个位置坐了下来,娴熟地拿起菜单,点了自己喜欢的菜品。

杜韩森看着她把菜单递了出去,瞪眼道:"不是,你点好了,我还没点呢。"

白素道:"我点得很多,我们两个足够吃了。"

杜韩森道:"万一你点的我不喜欢吃呢?"

白素道:"那便将就着吃。"

好家伙,你说这种话是真的脸都不红啊!

杜韩森忍不住想笑,摊手道:"我连是什么锅都不知道。"

第五章　似水柔情

白素道："红锅，特辣。"

杜韩森笑容凝固了，喃喃道："这怎么吃？我没办法吃这么辣的，况且你好歹是医生啊，吃这么辣你不怕伤身体吗？"

白素瞥了他一眼，道："我喜欢，你管我？"

得嘞，我干嘛要跟她讲道理啊，她是个讲道理的吗？显然不是啊！

接下来，杜韩森看到了令人震惊的一幕。

一大锅原汤端了上来，里面堆满了花椒、辣椒，各种菜品上齐，白素就开始了她风卷残云的征途。

她吃饭的模样完全和她平时冷清的性格不符，她非但吃得快，而且吃得多，一盘一盘就见底了。

似乎意识到了什么，白素抬起头来，疑惑道："你来这里是为了看别人吃饭的，还是为了自己吃饭的？"

"哦哦哦，我知道，我吃。"

杜韩森醒悟过来，也开始吃了起来，只是没吃几下，就辣得满口冒烟，只觉嗓子都快废了。

一看白素，还在吃，而且吃得非常香。

白素打了个嗝儿，拍了拍肚子，道："有些饱了，但我还能吃，前提是你别这么看着我，这种关键时候，倒我胃口是什么意思？心疼饭钱啊！"

杜韩森都呆住了，连忙道："你随便点，再点一桌子菜都没问题，我真佩服你的脑回路。"

白素道："这是正常的脑回路，吃饭盯着别人看，这才叫不正常。"

这下杜韩森没法儿反驳了，说实话，他只是觉得白素太有特点了，太有个性了，这样的个性他很喜欢，所以多少有些动心。

于是杜韩森问道："吃了饭干嘛去？要是没有安排的话，咱们……"

话还没说完，白素就打断道："没时间。"

杜韩森道："你下午有事？"

白素点头道："下午我要睡觉。"

这就是没时间？拜托你拒绝我也找个像样的理由，让我心头舒服点行吗！

似乎看出了杜韩森的想法，白素缓缓道："写论文熬了两个通宵了，下午再不睡觉，我都怕我猝死。"

杜韩森身影一震，连忙道："好好，没事没事，我们下次再约就行，你好好休息。"

话音刚落，餐厅的另一边突然传来了吵闹声，桌椅板凳噼里啪啦倒了一堆。

而这些动静根本没能对白素造成任何影响，她依旧再吃，只是速度慢了很多。

可突然，另一边传来了呼喊："有没有医务人员？老人晕倒了！"

"嘭！"

杜韩森看到白素腾的一下站了起来，直接朝那边迅速跑去，然后推开了人群，喊道："让开，我是医生。"

杜韩森跟了过去，只见白素跪在老人的身旁，伸手在脉搏处探了一下，立刻道："是心脏骤停，快扶他躺在地上，我要做心肺复苏，你们都离远一点，别打扰我。"

第五章　似水柔情

老人的儿女都急坏了，听到这句话简直像是抓住了救命稻草，连忙把老人放在地上。

白素跪在身侧，迅速做起了心肺复苏。

她力量很大，频率严整，一刻不停，坚持了大概3分钟，按了至少300次。

猛喘着粗气，满头的汗水，她伸手在老人的脉搏上探了一下，然后长长出了口气。

"恢复心跳了，快立刻送医院去，不要耽误。"

老人的家人连忙道："谢谢，谢谢医生，谢谢。"

白素道："别磨叽，赶紧去，还没脱离危险。"

她站了起来，却觉得一阵天旋地转，几乎站不稳身体。

强行走到杜韩森的身旁，充满疲倦地说道："肩膀给我靠一下，撑不住了。"

杜韩森还没反应过来，她就靠在了杜韩森的身上，不停喘着粗气，脸上的汗水更多了。

这可把杜韩森吓了一跳，连忙扶着她坐了下来，抱着她的肩膀，道："要不要去医院啊，我看你脸色很差。"

白素喃喃道："不用，就是太久没有睡觉，加上暴饮暴食，再加上高强度的心肺复苏，让我有点晕，休息一会儿回家睡一觉就好了。"

杜韩森还是有些担心，道："那我现在能为你做什么？"

白素道："看到桌角了吗？"

"嗯，看到了。"

白素道："红色盒子里装着的东西，叫作纸巾，给我擦嘴，我感觉油和汗都混到一起了，脏死了。"

杜韩森真想埋怨她几句，擦嘴就擦嘴呗，非得介绍一下纸巾，玩儿呢！

他摇着头，拿起纸巾，右臂环过来搂住她的头，轻轻给她擦拭着脸颊。

她的脸近在咫尺，皮肤白皙，五官虽然不算精致，但合在她的脸上，却有一种难以言说的魅力。

杜韩森像是在擦拭一件精美的艺术品一般，生怕把她损坏了，生怕没能呵护好她。

"侧脸还挺好看。"

白素突然说了一句。

杜韩森没怎么听清，下意识问道："什么？"

但下一刻，他就看到白素亲了过来，在他脸上吧唧了一口。

杜韩森骇然失色。

但白素已经站了起来，伸了个懒腰，道："这一顿吃得真舒服，困了困了，送我回家。"

杜韩森连忙道："你刚刚怎么回事？亲我都不打个招呼的？当然我也不介意，但是我总得亲回来吧！"

白素一边朝外走，一边说道："不给亲。"

杜韩森道："你可以亲我，我却不能亲你，不公平吧！"

白素道："你想要公平？想要亲回来，也可以啊。"

杜韩森顿时一笑，但白素跟着说道："只是我要生气的，你看着办。"

她迈着自信的步伐，拉开了车门，稳稳地坐了上去。

第五章　似水柔情

杜韩森站在雪里，愣是傻眼了几十秒，才感叹这女人真不讲理。

他上了车，慢慢把车开了出去，才想起压根还没问她家在哪儿呢。

"你……"

转头一看，却见白素已经沉沉睡去，嘴角微微勾起，淡淡的笑容十分甜蜜。

杜韩森看了几秒钟，也忍不住笑了起来，开车回家。

他抱着白素上了电梯，给她脱了鞋子和外套，放在床上并盖好了被子。

然后杜韩森就去书房工作了。

埋头进入工作中，一直到了深夜，他才猛然惊醒，床上还睡着一个人呐！

他连忙走出书房，只见客厅热闹非凡，白素盘坐在沙发上，直勾勾地盯着电视，美滋滋地看着综艺。

茶几上是她泡的咖啡，还有一些小零食。

杜韩森张了张嘴，忍不住道："你……什么时候醒的？"

白素道："差不多半个小时前，已经报警了，估计现在警察就快上门了，非法拘禁，够你喝一壶的了。"

"什么？"

杜韩森吓了一跳，惊声道："别开玩笑。"

话音刚落，门铃声突然响起，宛如闪电一般击中杜韩森的内心。

他不可思议地看向白素，喃喃道："你要玩儿死我啊大姐！"

他连忙过去，打开了大门。

穿着黄衣的骑士把手中的袋子递了过来，道："美团外卖为您服务，帮我点个五星好评嗷！"

杜韩森近乎麻木地点了点头，缓缓关上了门。

他回头看去，只见白素把茶几收拾了一下，然后敲了敲桌子，道："拿过来啊，我饿了。"

杜韩森把外卖放在了茶几上，深深吸了口气，道："真想大发一顿脾气，然后臭骂你一顿，但……不舍得，我喜欢你，白医生。"

白素看向他，道："我知道啊，不然干嘛觍着脸要请我吃饭呢，在医院的时候，我就看出你那点小心思了。"

杜韩森道："你看得出来？"

白素道："我每天接触那么多病人，看人还能看不准？"

杜韩森顿时笑了起来，搓手道："你知道我喜欢你，你还亲我，那你肯定也喜欢我，对不对？"

白素摊手道："谁知道呢，自己猜呗，反正呀，现在我要吃饭了。"

有人故意卖关子，偏偏杜韩森还拿她没有任何办法，这真是头疼。

吃完了饭，把屋子里收拾了一下，杜韩森便准备送白素回家。

而白素则摇头道："不用了，我现在精神很好，自己就可以回，离得不远。"

"你啊，还是早点休息吧，当心颈椎病又犯了，到那时候，我会找个强壮的男医生给你按摩。"

她对着杜韩森挥了挥手，洒然离去。

看着电梯门缓缓关闭，杜韩森一脸愁容，摇着头，叹着气，看着冷清的房子，心中莫名有一股失落感。

第五章 似水柔情

他下意识走到了客房,被子叠得整整齐齐,但床上似乎还有余温,还有她留下的味道。

突然,他瞳孔一缩,看到了床头柜上一张纸。

他走了过去,拿起来一看,只见娟秀的字迹尽显温柔,赫然写着:"杨柳青青江水平,闻郎江上踏歌声。东边日出西边雨,道是无晴却有晴。"

杜韩森终于笑了起来,小心翼翼地把这张纸收好,他会永远珍藏。

杜韩森的工作又渐渐忙了起来,好不容易养成的运动习惯,又被繁忙的工作挤没了,慢慢地,颈椎病似乎又要来袭了。

这天晚上,他加班到了凌晨2点多,拖着疲惫的身躯洗完澡,却听到了门铃在响。

杜韩森满脸疑惑,打开门之后,却看到白素医生就站在门口,还提着一大堆东西。

她也没有打招呼,而是直接把东西塞给了杜韩森,自顾自地换起了鞋。

杜韩森终于反应过来,惊喜道:"你……白医生,你怎么来了?都这么晚了。"

"刚加完班。"

白素指了指他手中的东西,道:"放厨房去,我明天要做点心,别弄混了啊!"

"哦哦。"

杜韩森把东西拿到厨房之后,回来又忍不住问道:"你怎么会突然过来?"

白素道:"我不能来吗?"

"能。"

杜韩森果断点头。

白素这才哼了一声,道:"自己去休息吧,我等会儿过来给你按按肩膀,看你那个脸色就不对,最近肯定习惯又不好了。"

杜韩森笑了起来,再也忍不住,一把将她抱在怀里。

白素没有挣扎,也没有说话,只是静静感受着对方的气息。

岁月,总在不经意间悄悄溜走。

杜韩森和白素的相处,并没有什么轰轰烈烈的誓言,也没有什么浪漫的故事。

就像是结婚已久的夫妻,互相照顾着,默默在意着对方。

杜韩森的工作越来越忙,白素则经常过来给他做饭,为他按摩肩背,缓解疲劳。

有时候杜韩森遇到难题,她也会用自己独特的思考去帮助杜韩森,默默陪伴在他的身旁。

她没有提结婚,也没有其他任何要求,她只是陪伴在喜欢的人的身旁,做最好的自己。

正诠释了那句诗:"东边日出西边雨,道是无晴却有晴。"

这世界上的爱情有很多,恋爱的方式也有很多。

但一个人中意的恋爱方式,只有一种。

白素并不妖娆,正如她的名字一般,她永远那么纯洁。

她陪着杜韩森经历了雨雪风霜,从不言苦,不言心烦,只把那一切化作一句"能饮一杯无"。

3

春水东流　未来可期

> 回首向来萧瑟处，归去，也无风雨也无晴。
> ——《定风波》

一条花短裤，一双人字拖，杜韩森躺在椅子上，悠闲地晒着太阳。

浪花汹涌，海风呼啸，四周的嬉闹声传来，让人有一种无比放松的感觉。

"老杜，你说巧不巧，咱们兄弟这么多年，默契就在于这些地方，我来三亚度假，恰好你也来度假，真是怪了。"

赵刚抱起一个椰子，狂喝了一口，笑道："畅快啊！他乡遇故知，这是人生几大喜事来着？"

杜韩森笑道："谁告诉你我是来度假的？我是办正事儿来了好吗！"

赵刚疑惑道："不是吧？你在这边还有生意？这些年你到底干了多少活儿啊！"

杜韩森摇了摇头，道："南方模特大赛，邀请我过来当评委，组织者是我的朋友，我当然就答应了。"

"模、模特大赛？"

赵刚愣了一下，当即眼睛发亮道："好事啊！那么多美女，这次你可有福了！"

说到这里，他又微微一顿，道："朱琳琳知道这事儿吗？她没跟你一起来？"

杜韩森忍不住笑了起来，道："你这都是哪年的消息了？我跟她早就分手了啊。"

"分、分手了？"

赵刚瞪大了眼，惊声道："什么时候的事啊？怪不得这几次我碰到她打招呼，问起你的情况，她脸色都不大好看。"

"我还纳闷儿呢，原来早就分了，你早点告诉我啊，搞得我好尴尬。"

杜韩森道："谈个恋爱，分手了还得专门告诉别人一声，我有那么无聊吗？"

"这倒也是。"

赵刚点了点头，随即笑道："那怪不得你要来做这个评委，说吧，看上哪个模特了？"

杜韩森摊了摊手，道："模特我都还没见着呢，我肯定不能天天跟着她们转啊，决赛的时候我去参与一下，颁个奖就行了。"

赵刚道："到时候你把我也带上，我当一回观众，欣赏一下

第五章　似水柔情

美女。"

"可以。"

杜韩森笑道："你什么时候变得风流了？在我印象中，你向来对这些不怎么感兴趣啊。"

赵刚道："我又不是要找模特谈恋爱，我只是纯粹地想去见见世面，饱饱眼福而已。"

杜韩森道："那就起身，换衣服准备出发。"

"啊，这么急吗？"

赵刚翻身而起，道："你别告诉我决赛就在今晚啊！"

杜韩森笑道："恭喜你答对了，就在大约两个小时之后，走吧。"

这两年来，杜韩森并没有那么忙碌了，曾经不要命地工作，为了自己追求的事业，恨不得把全身心都投入进去。

随着岁月的流逝，在不知不觉之间，他开始关注自己的身体，重新找回了运动的习惯，也注意劳逸结合了。

以南方模特大赛为例，以前他是不想参加这类活动的，但如今他也抱着消遣的心思，跑来玩一玩。

至于什么模特不模特的，杜韩森其实压根没考虑过这方面。他谈过很多女朋友，尤其是近两年，分分合合，都已然习惯了，不再对恋爱有什么迫切的追求了。

换好了衣服，两人就出发前往体育会场，今晚会有大量的观众。

杜韩森来到裁判席，与诸多朋友寒暄了一阵，又把赵刚介绍给他们认识，赵刚好歹也是主持人，平时虽然大大咧咧的，但一到关键场合简直稳得不行，完全可以镇住场子。

坐下之后，比赛正式开始了。

各个高挑的模特在灯光和音乐的渲染下陆续登场，可谓是春花秋菊，百花争艳，美不胜收。

一轮又一轮的角逐，一轮又一轮的晋级和淘汰，衣服换了很多套，终于在最后的时刻决出了名次。

然后就是颁奖环节，杜韩森也上了几次台，和模特们握手交流。

一场盛大的活动，在欢笑声中慢慢落幕。

观众离场，杜韩森和赵刚又一起参加了晚宴，与朋友们推杯换盏。

"杜老师，久仰大名，我是刘璐月，敬您一杯。"

一个模特穿着隆重的晚礼服走了过来，杜韩森连忙站起来，笑着与其碰杯，顺便寒暄了几句。

很快，一个接着一个模特陆续过来，与杜韩森碰杯。

其中一个模特长得很是可爱，轻声笑道："杜老师真是幽默风趣，才华横溢，其实我敬仰您很久了，可以加个联系方式吗？"

"客气了客气了，当然可以。"

杜韩森笑容很自然，拿着手机一扫，搞定。

夜渐渐深了，晚宴也终于结束。

杜韩森回到酒店，洗漱一番之后，看到手机上的信息。

"杜老师，您有时间吗？我睡不着，想找您聊聊天。"

杜韩森放下手机，坐到了阳台上，吹着海风，心情无比放松。

门铃响起，杜韩森微微皱眉，打开了门，忍不住道："大晚上的你不睡觉，过来干嘛？"

赵刚穿着浴袍，大大咧咧走了进来，笑道："找你聊聊天不行啊，这些年你我都忙，难得有这么舒适的时间聚在一起，正好谈谈心嘛。"

杜韩森笑了笑，道："我去开瓶酒，咱们阳台喝着。"

赵刚眯眼道："嗯？房间里没人？老杜，你真是万花丛中过，片叶不沾身啊！"

杜韩森道："怎么这么说？"

赵刚把脑袋凑了过来，笑道："我看晚宴的时候那么多模特找你喝酒，又是夸你帅气，又是夸你有才华，还要加你微信……我真不信今晚没有人找你。"

杜韩森指了指手机，道："刚刚就有一个，我没回消息。"

"真的假的。"

赵刚瞪眼道："你没回消息？你真变性了？"

杜韩森把酒杯递给他，道："洗杯子去，变性，你才变性了。"

"我的意思是，你转性子了？"

赵刚疑惑道："怎么会对美女模特都不感兴趣了？难道是身体出了问题，我给你检查一下。"

杜韩森一脚踢了过去，道："别闹啊！赶紧洗杯子去！"

"哈哈哈哈！"

赵刚大笑出声。

片刻之后，两人坐在阳台的椅子上，喝着酒，吹着海风，聊着曾经的往事，一时间不胜感慨。

赵刚叹道："蓦然回首，才发现自己也并不年轻了，再等几年就是四十岁的人咯。这一路走来吧，困难虽然也有，但大多时候是快乐的，可是为什么想起从前，就有诸多感慨呢。"

杜韩森沉默了片刻，才道："过去嘛，总是让人怀念的，希望弥补过去的遗憾，希望重新体验过去的精彩。但人生就像是一江春水，一旦流淌了过去，就永远也不会重来了。"

赵刚笑了笑，道："所以这就是你最近寡淡的原因？你在怀念过去？"

杜韩森道："任何人都会怀念过去，我当然也不例外。"

赵刚叹了口气，道："我就说你最近的状态不对嘛，还在过去的感情里走不出来啊？还在怀念初恋？怀念那个陪伴了你几年的女孩？"

杜韩森愣了一下，随即笑出了声。

他缓缓摇头道："想多了，哪有那么严重，搞得我像痴情男一样。"

"其实怀念吧，肯定是会有的，谁不怀念美好的时光呢？但我并没有沉溺于过去，也并没有让过去影响现在的自己。"

赵刚疑惑道："那你到底是怎么想的？"

杜韩森沉默了，他在思索着，组织着语言。

良久之后，他喝了一口酒，才悠悠叹道："其实人啊，就像是那一江春水，从出生那一刻开始，就朝着东方流淌，最终都是要汇入大海的。"

"最开始我们遇到感情，就像是刚从雪山上融化，一路悬崖峭壁，冲击而下，轰轰烈烈，酣畅淋漓。那时候，年轻的我们恨不得用尽所有的力气，把全身都砸进去，浪漫又壮阔。

"我们走过的是人迹罕至的高山，是巍峨的雪峰，并未被人间污染，所以最初的感情非但浓烈、浪漫、壮阔，而且干净、纯粹。

第五章　似水柔情

"你问我是否怀念和沈凝雨在一起的时光，我当然怀念啊，那时候我那么年轻，那么有冲劲，那么轰轰烈烈，那么充满活力。"

说到这里，杜韩森叹息一声，呢喃道："可是啊，我们流出了高山，汇入了大河。"

"我们开始变得忙碌，需要灌溉农田，需要养殖鱼类，又被各种堤坝阻绝，又要承载船只。这样，我们的流速当然会变慢，当然会疲倦，当然不再有那样的激情，欣赏沿途的风景就成了我们的乐趣。

"所以留学之后，我无法再陪伴沈凝雨了，只能分别。

"后来我接触到了很多不同的人和事，经历了无数的阻碍，工作上的，生活上的，甚至是身体上的。我变得沉稳，变得不再追求浪漫，变得淡然自若。

"但我很幸运，在我的流域之中，遇到了最美的风景。

"你问我是否怀念白素？我怎能不怀念她？在寒冷的冬季，在坚冰覆盖着我的身躯的时候，她陪着我；在炎热的夏季，在我几乎干涸的时候，她陪着我。

"她陪我经历酷暑寒冬，陪我承受雨雪风霜，我如何不怀念呢？

"但那些都过去了，人总是要流向大海的！"

杜韩森端起了酒杯。

赵刚连忙也端了起来，两人碰杯，一饮而尽。

杜韩森笑了起来，轻声道："人生如一江春水向东流，最终汇入大海。"

"大海是何等辽阔，何等浩瀚啊！我的风景结束了，但我身边还有别的水，是无尽的水，无尽的人。

"这些人与我生活在一个世界上，一个领域内，我当然要和他们和平相处了。

"只是我是我,他是他,相互居住,相互来往,却未必要相互交融。

"你问我是否有女孩找我?当然有,我为什么没有和她们在一起呢?不是我失去了欲望,只是我认清了自己。

"我们身边有太多人了,我们不可能都与他们交融,否则只会出现一种情况,那就是失去自我,我们会找不到自己。

"所以,我现在的生活不是很好吗?我对模特们很礼貌,也尊重她们的职业,尊重她们为自己的人生而奋斗。

"正因如此,她们与我碰杯,加我联系方式,我都没有拒绝。这是正常的相处之道。"

赵刚点了点头,道:"你说得很对,很有哲理,但你不能一直这样下去吧?你不结婚?不生孩子?不组建家庭?"

杜韩森笑道:"我并没有觉得自己很老,至少没有老到要立刻结婚生子的程度。"

"当然,我并不反感这些事,我只是还在寻找与我相似的水罢了。等合适的人出现,我依旧会充满热情地去靠近她,追求她。"

说到这里,他用酒杯碰了一下赵刚,无奈道:"这不是还没碰到合适的,你有空也帮我留意一下嘛。"

"哈哈哈哈!"

赵刚忍不住大笑了起来,道:"听你说这个话,我就放心了,我还以为你真要出家了呢。"

他站了起来,伸了个懒腰,道:"爽!今晚看得爽!喝得爽!聊得也爽!"

第五章　似水柔情

"老杜啊！说实话，你刚刚说的话真的感染到了我，让我也醒悟了不少，看清了不少。

"不过我还是想问，你会怎样看待自己的过去？那些事，那些人，那一切的一切。"

杜韩森沉默了片刻，喝了一口酒，大声道："料峭春风吹酒醒，微冷，山头斜照却相迎。"

"回首向来萧瑟处，归去，也无风雨也无晴！"

他看向赵刚，道："过去用作怀念，而未来用作期待！"

"我的过去已经过去，我的未来即将到来。

"我的人生，还未过半。"

赵刚笑道："所以，朝前看？"

"当然是朝前看！"

杜韩森看向辽阔的海面，黑暗中闪着人类文明的微光，狂风在吹，巨浪在卷，无论如何……

明天，又是晴朗的一天！

后　记

俱往矣，数风流人物，还看今朝。

往事随风，飘飘然已去，人生又开始新的征程。有时候加速前进，方显英雄本色；有时候静下心来，慢慢沉淀，才是另一种升华。我愿随风飘扬，又恐无法跟上洪流，我欲解甲归田，又怕时不我待、浪费时光，贪心和惰性总会同时存在。既如此，何不继续拼搏？生命不息，奋斗不止，才是我辈遵循的不二法则。躺平、内卷虽已成为部分青年的象征，但是社会上更加需要能够为实现自身价值而积极努力的年轻人，因为他们才是祖国的未来和希望。

做好自己，才能影响他人，以带动行业和社会发展为目标，为做新时代年轻人而奋斗。

感谢多年好友对外经贸大学青岛研究院丁明高副院长给我的书提了不少中肯的意见和建议。